마루보

마 루 보

김세혁 판타지아 장편소설
뿌리출판사

등·장·인·물

마루보

오등리 훈장의 손자.

알 수 없는 신비로운 음성에 이끌려가게 된 성산일출봉 분화구에서 정체 모를 빛 조합과 해체의 장면을 목격하면서 애마 하록을 잃고 다섯 개의 구슬을 얻는다. 이후 섬에 찾아든 외계인들의 정체를 알게 되면서 다섯 구슬의 힘을 빌려 섬을 위기에서 구해내고자 지혜와 용기를 불사른다.

태울

마루보의 사촌동생. 세르미의 오빠.

제주 최초의 해남으로 인정받아 애기 잠수부에서 훈련 중이다. 마루보로부터 청구슬을 선물받으면서 구슬의 신비한 힘과 섬에서 일어나는 뜻 모를 일들을 경험하게 된다. 영리하고 눈치가 빠르며 용감하여 마루보를 도와 섬을 구하는데 힘을 쏟는다. 청구슬의 힘을 빌려 심해의 여신과 사투를 벌인다.

세르미

마루보의 사촌동생. 태울의 누이동생.

오빠들을 잘 따르며 눈치가 빠르고 정이 많다. 애기 잠수부에서 훈련 중이며 마루보로부터 녹구슬을 선물받아 위기의 순간마다 녹구슬의 힘을 빌려 마루보를 도우나 어느 순간 세르미의 주문이 녹구슬에 통하지 않게 된다.

시락톨종

심해 미광층 생물종.

우주로 진화하기 위한 전단계로 육지와 섬을 정복하고자 도니락종보다 5년 먼저 섬에 침투한다. 도니락종보다 빛에 대한 적응과 인간으로의 진화가 빨라 밤낮 모두 활동이 가능한 탓에 도지사, 군수, 경비대장 등 섬의 중요 직책을 맡아 자신들의 음모를 교묘히 펼쳐 나간다. 뜻밖의 도니락종의 출현으로 우주를 향한 자신들의 계획에 차질이 생기게 되자 도니락종의 색출을 위해 무력으로 섬사람들을 마구 희생시킨다.

대성주

시락톨종의 제1인자.

초능력을 가지고 자체 변신이 가능한 자로 끝까지 시락톨종이 섬을 차지할 수 있도록 온갖 변신과 술수를 거듭한다.

울프

섬의 경비대장. 시락톨종의 2인자.

도니락종 색출과 결투를 위해 섬사람들을 이간질시키고 무력 진압하는 모든 작전을 지휘한다.

백쉬르

섬의 군수. 시락톨종 최고의 전사.

전사라는 이유만으로 수뇌부에서는 최하위 서열로 취급당하며 경비대장 울프와 항상 충돌하고 퇴짜를 맡아 불만이 많다.

도니락종.

심해 무광층 생물종.

우주로의 정복을 꿈꾸며 심해에서 올라와 바다로 이어진 용암동굴에 주 둔한다. 빛비늘로 해체, 조합되면서 변신 가능하나 그 뒤 생명은 소멸한 다. 시락톨종보다 더 심해 생명체로 인간으로의 진화과정에서 눈의 발달 이 미흡한 것이 약점이다. 이를 극복하기 위해 인간의 각막이식이 필요했 고 섬사람들을 생체실험의 대상으로도 마구 희생시키며 섬사람들을 선동 하여 시락톨종을 몰아내고 섬을 차지할 음모를 꾸민다.

친위대, 임상부, 훈육부, 전투부, 정찰부의 다섯 부서로 이루어지며 친위 대의 서열이 제일 높고 정찰부의 서열이 제일 낮은 순이다.

라울

도니락종의 생산자.

도니락종은 아고닉을 빼고는 모두 라울의 분신이다. 초능력의 소유자로 동녘 벌판에서 마루보와 전투를 치르다 불리함을 깨닫고 심해로 도망쳐 버린다.

이어 심해 협곡에서 여신으로 변해 태울과도 마지막 사투를 벌여 나간다.

퍼블

도니락종 친위대 총독.

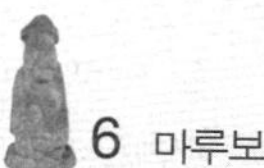

푸시양

도니락종 임상부 사령관.

그레쉬

도니락종 훈육부 사령관.

아고닉

도니락종 전투부의 사령관.

도니락 다섯 부서의 사령관을 무시하고 자신의 능력을 과신하여 생산자 라울의 자리를 노리나 라울의 능력을 감당하지 못하며 라울이 특별한 능력을 불어넣어 자신을 탄생시켰다는 것을 알면서 라울을 생산자로 받든다.

이츄

도니락종 정찰부 사령관.

집필 동기

제주도의 '4·3' 의거는 섬사람들이 거의 절반이나 희생된 역사적인 비극이었습니다. 이것은 당시 제주도민들과 무관하게 이뤄진 것으로서, 섬사람들은 지금도 그 후유증에 시달리고 있는 듯합니다.

따라서 이 의거를 판타지아 장르로 재구성하여 섬과 섬사람들의 정체성을 확보하고 다시금 평화와 번영을 추구해 나가자는 뜻에서 집필하게 되었습니다.

이 책의 장점과 차이점

이 책은 그 어떤 판타지아 소설보다 신선하고 차별화된 작품입니다. 풍광이 수려한 제주도를 배경으로 펼쳐지는데다 제주도의 역사적인 '4·3' 의거를 섬사람들과 심해 외계인들의 이야기로 재구성해 집필한 판타지아 소설입니다.

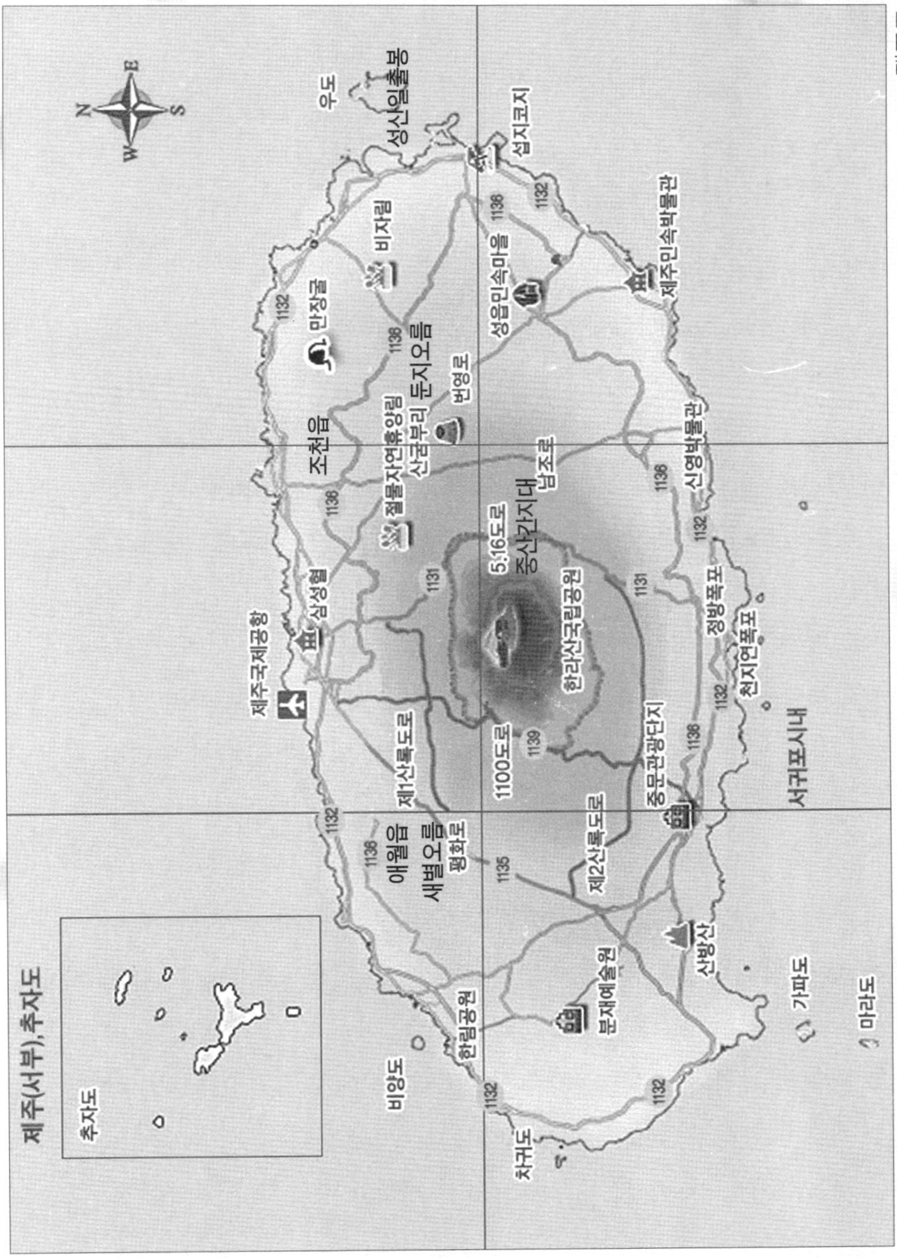

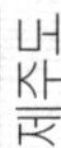

제주(서부), 추자도
추자도
N E S W
성산일출봉
우도
섭지코지
비자림
만장굴
성읍민속마을
제주민속박물관
조천읍
거문오름용암
산굼부리 돋지오름
번영로
남조로
5.16도로
중산간지대
한라산국립공원
신영박물관
정방폭포
천지연폭포
제주국제공항
삼성혈
1100도로
제1산록도로
애월읍
새별오름
평화로
제2산록도로
중문관광단지
산방산
서귀포시내
문재예술공원
한림공원
비양도
차귀도
가파도
마라도
1132
1136
1131
1135
1139

시놉시스

평화로웠던 섬에 우주를 꿈꾸는 두 외계인 종들이 출현한다. 이들은 심해 생물들로서 심해의 미광층 종은 시락톨이고, 무광층 종은 도니락으로 불린다. 이 두 외계 종은 서로를 견제하면서 섬사람들의 깊숙한 생활 영역까지 침투하여 섬을 서로 먼저 정복하고자 한다. 하지만 섬사람들은 그런 그들의 음모를 전혀 눈치 채지 못한 채, 오히려 양쪽 편으로 갈라져 반목과 대립을 일삼는다. 그때 '마루보'라는 소년이 성산 일출봉 분화구에서 얻은 다섯 개의 구슬 중 녹구슬을 통해 사촌 오누이인 '태울'과 '세르미'와 같이 이 외계인들의 정체를 알아낸다. 하지만 그들과의 승부를 피한 채 이리저리 피해 다니다가 가장 믿었던 적색마 '자르몽'에게 배신당하면서 도니락의 동굴에 갇히고 만다.

거기서 섬사람들이 외계인에게 당하는 현실을 목격하고 우여곡절 끝에 그 동굴을 도망쳐 나온다. 그러다가 얼마 후, 이번에는 도니락 종에 의해 중산간 마을 어느 운동장으로 끌려가 섬사람들과 친구들이 총살당하는 것을 목격한다. 그로써 참을 수 없는 분노에 치를 떤 마루보와 오누이는, 결국 섬을 구원하는 것은 자신들 뿐이란 걸 깨닫곤 외계 종들과 맞서 싸워나가기로 결심한다.

그렇게 정면으로 나선 그들은 그들의 지혜와 다섯 개의 구슬이 지닌 염력을 적절히 이용해 가며 시락톨, 도니락과의 사투를 벌여나간다. 이 과정에서 시락톨의 수장인 대성주가 도니락의 생산자인 라울에게 죽는다. 그리고 곧 라울이 마루보를 상대하여 전투를 벌이지만, 전세의 불리함을 깨달은 라울이 심해로 도망쳐버린다.

그에 심해까지 추격한 마루보와 태울은 심해의 여신으로 변신한 라울과 또다시 사투를 벌인결과 라울 역시 소멸해 버린다. 그로써 외계인 종들이 다 소멸되고 섬이 다시 평화가 찾아온 듯했다.

섬의 부활이 빠르게 진행되고 있는 어느 날이었다. 일 년 오 개월 남짓 원양어선을 탔던 마루보가 섬으로 돌아와 애월에 거주하는 세르미를 찾는다. 하지만 그 집에서 보낸 이튿날, 세르미의 행동이 이상 하다는 걸 여러 단서를 통해 알아내게 된다. 그리고 그 날 오후였다. 마루보는 세르미가 정해 놓은 약속지인 새별 오름으로 먼저 나가 세르미를 기다린다. 그러고는 몇몇의 사내들과 함께 나타난 세르미를 맞이하며 마루보가 외친다.

"이놈, 내가 널 아직도 세르미로 보는 줄 아느냐!"

마루보는 그 길로 섬에 남아 있던 시락톨 종의 잔당들을 흑구슬의 염력으로 제압해버린다. 그러고는 섬사람들이 지켜보는 가운데 장작불로 그들을 손수 화장시키며 섬사람들에게 섬의 부활을 알린다.

제주도 성산일출봉

색다른 이방인

　제주도 성산 일출봉 분화구에는 어제 내린 싸락눈이 수북이 쌓여 있었다. 그곳에 어떤 타원형의 물체가 눈밭에 부드럽게 내려앉고 있었다.

　'무슨 일이지?'

　백부 집에서 흑마를 타고 새벽 해변을 달리던 마루보가 고삐를 늦췄다. 그리고는 분화구 쪽의 불빛을 한동안 바라볼 때였다.

　어떤 물체가 분화구 위로 치솟는가 싶더니 이내 북쪽 하늘로 빛을 그었다.

　"이럇!"

　마루보가 흑마로 그 빛을 쫓았으나 어림없었다.

"하륵, 너도 봤지?"

마루보가 흑마의 옆구리를 툭 찼다. 그러자 놓친 게 분한 듯, 흑마가 앞다리를 높이 치켜들며 울음을 토했다.

"워워, 진정해 하륵. 널 나무라는 게 아냐. 정체 모를 빛이 궁금한 거니."

마루보는 가죽감티 모자를 고쳐 쓰고, 곧 말머리를 마을 쪽으로 돌렸지만, 그 물체 빛의 잔상은 눈에 계속 머물고 있었다.

마을 입구 양쪽에는 까만 돌하르방이 덩그렇게 각각 서 있었다. 비록 어깨가 구부정했지만, 눈이 부리부리하고 코가 큼직하면서 뭉텅했고, 머리에는 대패랭이 모자를 쓰고 있었다.

그 돌하르방들의 구별은 간단했다. 왼손이 가슴 편으로 올라간 돌하르방은 무관이었고, 오른손이 올라간 돌하르방은 문관이었다.

"안녕, 야울, 해울."

마루보가 허리를 숙여 어스름에 묻힌 돌하르방들의 코를 한 번씩 매만졌다. 야울은 무관 돌하르방에게, 해울은 문관 돌하르방에게 마루보가 지어준 이름이었다.

흑마가 양쪽으로 돌담이 길게 쌓인 올레목을 지나 바로 첫 집 앞에 서 멈췄다. 그리고 정주석에 가로질러 놓은 한 개의 정낭을 넘을 순

간이었다.

"마루보님~."

골목 어귀에서 영롱한 음성이 바람에 실려 왔다. 밖거리 방들과 안거리 방들은 아직 호롱불이 켜지지 않은 상태였다. 흑마 위에서 주위를 두리번거리던 마루보의 귀에 그 음성이 다시 들려왔다.

"마루보님, 분화구로 가세요, 분화구로~."

분명, 아무도 없고 꿈속도 아닌데 이상한 일이었다.

'이건 또 무슨 일이지!'

새벽부터 뜻 모를 일이 거푸 일어나고 있었다.

"하륵, 분화구로!"

마루보는 주저하지 않고 하륵과 바람을 가르며 성산 일출봉을 향해 내달렸다. 하륵이 일출봉 오르는 것은 가벼운 산책 정도로 쉬웠다. 한라산 산간 지대가 터전인지라 체력이 워낙 출중했기 때문이었다. 그리고 마루보가 백부 집에 머물 때면 새벽마다 하륵을 타고 분화구로 올랐던 것이다. 그 괴상한 물체의 빛을 본 것도 그들이 분화구를 내려올 때의 일이었다.

분화구에는 휘몰아치는 바람 탓에 눈보라가 일고 있었다.

"저게 뭐지?"

그 눈보라 사이로 빛 비늘들이 서로 결합하고 해체하면서 자유자재로 어떤 형체들을 만들어 내고 있었다. 분화구 바닥의 눈밭에는 움푹 파인 타원형 흔적도 눈에 띄었다.

아무래도 야릇한 광경이었다. 하지만 마루보는 분화구 바위 봉우리에서 언제까지고 아래를 내려다보며 있을 수만 없었다.

마루보는 얼른 안장에서 뛰어내려 하륵을 주저앉혔다. 그리고 그도 바로 엎드린 채 눈을 굴리며 분화구 아래를 뚫어지게 살폈다.

얼마나 지났을까?

뭔가에 흠칫 놀란 마루보가 벌떡 일어섰다.

'저 저건…….'

마루보의 부리부리한 눈에 들어온 건 백마 한 필이었다. 휘황한 광채를 뿜어내고 있는 그 백마는 날개까지 달고 있었다. 믿을 수 없는 광경이었다.

눈부신 백마가 눈보라 속으로 비상하는 순간이었다. 숨죽여 있던 하륵이 반사적으로 몸을 일으켰다.

"하륵~ !"

와락 분화구 아래로 달려 나가는 하륵을 불렀지만 소용없었다.

하륵은 분화구의 경사에 탄력을 받아 한달음으로 눈밭에 닿아 있

었다. 미처 막지 못한 마루보가 서둘렀지만, 가죽 두루마기가 종아리까지 걸쳐져 있어 속도가 더뎠다.

하늘에 비상해 있는 백마가 빛 비늘의 분산으로 홀연히 사라지는가 싶었다. 그러더니 다시 빛 비늘의 조합으로 새로운 변신을 했다. 그건 바로 흑마 하륵이었다. 마루보는 정신이 아득해졌다. 허공에 앞발을 저으며 백마를 향해 으름장을 놓고 있던 하륵도 마찬가지였다.

그런데 변신한 흑마가 금세 빛 조각으로 뿔뿔이 해체되더니 그 중 하나가 날카로운 빛 창이 되어 하륵에게 날아갔다.

"안 돼!"

눈밭에 고꾸라지는 하륵의 모습이 마루보의 동공에 맺혔다. 억장이 무너진 마루보가 앞뒤 재지 않고 눈밭으로 내달았다. 그때였다. 또 하나의 창이 허공에 맴을 그리면서 마루보를 향해 비수처럼 날아들었다.

"푹~!"

빛 창이 귀를 덮고 있는 감티모자 털 부분에 꽂혔다. 하지만 이번에는 여러 개의 창들이 마루보를 겨누고 있었다.

"하르방~!"

공포에 질린 마루보가 자신도 모르게 외쳤다. 그러자 아까 골목 어귀로부터 들려왔던 그 음성이 울려 퍼졌다.

"해가 떠오릅니다. 해를 향해 돌을 던지십시오."

죽음의 문턱에 선 마루보였다. 설령 그 음성이 터무니없을지라도 마루보에게는 선택의 여지가 없었다. 마침 주먹 크기의 검은 돌도 희끗 보였다.

빛 창들이 마루보 정면으로 날아드는 순간이었다.

냉큼 돌을 주운 마루보가 분화구 너머의 해를 향해 힘껏 던졌다. 그러자 돌이 날아드는 빛 창들을 전광석화같이 차례대로 떨어뜨렸다.

그런 후 돌은 일출의 햇살을 받으며 그대로 터져버렸다. 이때 거기서 나온 듯한 몇 개의 구슬들이 포물선을 그리며 눈밭으로 떨어지는 것과 동시에, 어떤 비행물체가 바다로 트인 분화구 절벽 아래로 수직 낙하하고 있었다.

새벽녘에 까닭 모를 일들이 너무 많이 일어났다. 온통 의문이었다. 하지만 지금 그게 중요한 게 아니었다.

"하륵~ !"

퍼뜩 정신을 가다듬은 마루보가 부랴부랴 눈밭을 걸어 나갔다. 지금 무엇보다도 중요한 건 갓난아기 때부터 함께 하였던 하륵이었고,

그래서 반드시 무사해 앞으로도 영원히 함께 해야만 했다.

하륵의 이마 중앙에는 창이 뚫은 구멍이 나 있었다. 마루보가 그런 하륵을 아무리 흔들어도 깨울 수 없었다. 그의 눈망울에는 가파른 산간지대를 훨훨 누볐던 하륵의 모습들이 그렁그렁 고여 들었다. 결국 그는 산짐승처럼 울부짖고 말았다.

그렇게 얼마나 흘렀을까?

아흔아홉 개의 봉우리로 둘러싸인 분화구로 환한 햇살이 퍼지고 있었다. 그 햇살을 받아 하륵 머리맡에 있었던 구슬들이 영롱한 빛을 뽐고 있었다. 하륵의 핏물로 붉게 얼룩진 눈밭에서 포효하던 마루보는 나중에야 그걸 알았다.

그날 석양이 질 무렵이었다. 애월읍 봉성리의 새별 오름에서는 정월대보름 들불 잔치가 절정을 향해 치닫고 있었다. 행사장 본부석에서는 섬 군수와 경비대장, 본토의 도지사 등이 일찌감치 자리를 잡고 있었다. 그리고 이 축제를 함께 하기 위해 산간지대와 해안지대의 도민은 물론이고 육지인들도 여기로 속속 몰려들고 있었다.

뭉텅한 오름 뒤로 보이는 한라산 능선과 자락의 눈이 아직 녹지 않고 그 결 따라 하얗게 덮여 있었다. 행사장 진입로 반대편 목야지에는 수백 마리의 말들이 말뚝에 묶여 있었고, 행사장 안으로는 하얀 천막들이 곳곳에서 수십 개씩 대오를 갖추고 있어 마치 군대의 진영 같았다.

"제주도 말이 여기 다 모였네. 오빠, 여기 어때?"

단발머리를 한 세르미가 풀쩍 말 안장에서 뛰어내렸다.

"응, 좋아."

세르미가 탄 말과 나란히 말을 몰던 태울도 뛰어내렸다. 그러고는 애월읍에서 반나절 타고 온 말들을 적당한 말뚝에 묶어뒀다.

행사장 동편 한 곳에서는 사람들이 동시에 놓아준 까투리와 장끼들이 노을로 비상하고 있었다. 서편 한 곳에 둘러쳐진 울타리 안에서는 말 사랑 싸움놀이가 한창이었다. 암말을 차지하기 위해 수말들이 혈투를 벌이는 그곳은 발 디딜 틈조차 없어 보였다.

결전이 시작됐다. 탐색전도 없이 두 말이 서로 달려들더니 발칵 앞발들을 치켜들고 일어서서 붙었다. 그 순간, 적색마가 단박에 회색마의 목울대를 콱 물자 회색마가 마비된 듯 동요가 없었다.

잠시 후, 적색마가 물었던 목울대를 비켜 내치며 내려오자 회색마

가 비명을 지르며 줄행랑을 쳤다. 이로써 적색마는 최고의 싸움마로 등극했고, 암말은 적색마의 독차지가 됐다.

"야, 저 녀석 대단해!"

"정말!"

감탄하는 태울에게 세르미가 맞장구쳤다. 관람꾼들도 저렇게 단숨에 제압하는 싸움은 처음 본다며 혀를 내두르고 웅성거렸다. 올해에 혜성처럼 나타난 말인지라 마꾼들의 호기심도 대단했다.

"역시 경비 대장의 말답군."

누군가가 내뱉은 소리였다. 이 때문에 까까머리 태울은 그 말의 주인이 섬의 치안을 책임진 경비대장임을 알게 됐다.

초가 집줄 놓기, 들돌들기, 물허벅 장단에 맞춘 전통 민요 등의 행사가 끝나갈 즈음이었다. 푸른 섬에 일몰이 찾아오면서, 직접 횃불을 들고 축제장을 돌며 평화를 기원하는 횃불대행진이 펼쳐졌다. 여기에 적색마도 당당히 참가했다. 해마다 암말을 차지하는 수말에게만 특별히 주어지는 자리였다. 이글이글 타는 횃불들은 그런 적색마의 자태를 더욱 기품있게 밝혀주고 있었다.

"아무리 봐도 근사해."

"그래, 오빠. 그림도 좋네. 하얀 제복을 입은 주인과 딱 어울리니,

그치?"

"응. 초라한 우리완 안 어울릴 거야."

태울과 세르미는 횃불을 들고 적색마 뒤를 졸졸 따라가며 내내 탐을 냈다. 그러다가 횃불대행진이 끝나고 예닐곱 개의 대형 달집들을 태울 때였다. 늦게나마 소원띠를 구해 아예 '적색마는 태울, 세르미 꺼!' 라고 적고 달집 새끼줄에 매달아버렸다. 조금 후, 달집태우기 점화 신호가 떨어졌다.

"요 녀석들, 아까부터 바짝 따라오더니. 그래, 저게 니네들 소원이 냐?"

하얀 제복을 입은 바로 경비 대장이었다.

"예."

막 점화를 하려던 태울이 얼떨결에 대답했다.

"하하, 그럼 소원 띠에 불을 붙여보렴. 소원대로 될 테니."

"예엣?"

"진짜요?"

휘둥그레진 둘의 눈이 마주쳤다. 유창하게 그들의 말을 하며 말을 건네 오는 것도 놀라운 일이었는데 적색마를 내놓겠다니!

"뭐해, 얼른 불 지피지 않고."

둘은 소원 띠에 불을 지르면서도 '설마!' 하는 생각이었다.

그런데 이게 웬 일일까? 그 소원 띠가 달집과 함께 타오르자, 그 외국인은 주저 없이 적색마의 고삐를 넘겼다.

"이제 이 말은 니네 것이야."

둘에게 씨익 웃음까지 보인 그가 미련 없이 오름 쪽으로 향했다. 스멀스멀 동녘에서 올라온 대보름달이 그의 넉넉한 어깨에 걸려 따라가는 듯했다.

"오빠, 이렇게 넙죽 받아도 돼?"

"글쎄, 간단히 줄 리 없는데……."

아무튼 둘은 적색마를 얻자, 정녕 기쁨을 주체할 수 없었다. 거기다가 주인의 손길이 바뀌었는데도 적색마가 고분고분하기까지 했다. 대개 손길이 바뀌면 말을 길들이는 순치과정이 필요로 하는 법이다. 그럼에도 불구하고 적색마는 그런 수고를 일찌감치 덜어주어 더 기특했다.

군수에 의해 오름 불 놓기가 선언됐다. 군수도 외국인이었다. 언제부터 군수가 외국인이었는지 모를 일이었다. 그리고 보니 주위에도 외국인들이 제법 많이 보였다.

점점 휘황해지는 보름달 아래 들불이 기세 좋게 오름을 오르고 있었고, 오름 아래에서는 쑥방망이를 이용한 쥐불놀이가 시작됐다. 빛이 머물고, 빛이 뻗고, 빛이 돌고, 빛이 춤추는 그야말로 빛의 향연이었다. 그것은 무사안녕과 풍년 기원, 그리고 평화를 추구하는 축제의 한마당이었다.

"오빠, 이제 가."

불의 후끈한 열기에 양 볼이 빨개진 세르미가 말했다.

"적색마를 타고 가자."

"우리 말은 어떡하구?"

동그랗게 뜬 눈으로 세르미가 난색을 표했다.

"적색마 양쪽으로 데리고 가면 돼."

그러는 태울의 가는 눈에는 여유로운 웃음이 묻어나 있었다.

"어두운데 길을 모르잖아."

"내가 안내하면 돼."

세르미의 걱정에 아랑곳없이 태울이 훌쩍 적색마에 올랐다.

"어서 타."

미적거리던 세르미도 적색마에 오르며 태울의 뒤에 자리 잡았다.

"야아, 정말 멋져!"

"내가?"

“뒤돌아 저길 봐.”

그곳은, 들불이 번지며 능선이 움푹한 굼부리 윤곽을 선명히 그려
내고 있었다.

장관이었다. 그 광경에 북적대는 사람들이 하나같이 탄성을 지르
고 있었다.

“세르미, 꽉 잡아!”

“어쩌려구!”

세르미의 동그란 눈이 더욱 동그랗게 커졌다.

“두고 보면 알아!”

태울이 적색마의 고삐를 한 손으로 휘어잡고 오름으로 말의 방향
을 돌렸다.

“끼럇~!”

적색마의 옆구리가 태울의 발에 채였다. 하지만 달릴 방향을 눈치
챈 적색마는 머리를 흔들며 연신 입을 푸드득거렸다. 무모한 짓이라
는 의사 표시였다. 영문을 모르는 주위 사람들은 그런 적색마가 이상
한 듯 힐끗힐끗 쳐다봤다.

“넌 싸움밖에 모르는 놈이군.”

까까머리인 태울이 일부로 빈정거리며 적색마 목 줄기에 그의 머

리를 찍었다. 그러자 적색마가 그걸 알아들었는지 목덜미 털들을 곧 추세우고 몸을 수직으로 일으키며 울음을 토했다. 그러고는 활활 불 타오르는 오름의 한복판으로 거침없이 질주했다.

오름은 오를수록 가팔랐지만, 적색마의 맹렬한 질주는 오름의 꼭 대기인 남봉에 올라서야 멈췄다. 태울은 상상 밖의 적색마 능력에 얼 얼해 있다가 뜨거운 불길을 느끼면서 문득 정신을 차렸다. 태울의 등 에 단발머리를 바짝 파묻었던 세르미도 그때야 한숨 돌리며 사방을 두리번거렸다.

오름 아래의 사람들은 환호했다. 오름 축제의 마지막 장식이 그렇 게 미리 계획된 것으로 받아들이는 분위기였다. 그 연출은 섬이 추구 하는 기상이자, 평화, 번영이라고 다들 입을 모았다.

"다 같이 횃불을 듭시다!"

한층 고조된 분위기 속에서 한 사내가 외쳤다. 그 소리에 누구 하 나 횃불을 들지 않은 사람이 없었다. 그 사내가 횃불을 치켜들며 우 렁차게 외쳤다.

"섬이여, 영원하라!"

그러자 사내를 중심으로 어느새 겹겹이 모인 사람들이 횃불을 치 켜들며 후창을 했다.

사내가 이번에는 의도적으로 외쳤다.

"군수여, 영원하라!"

외부 사람들에게는 몰라도 섬사람들에게는 끈끈한 결속을 다지는 외침이었다. 그래서 그런지 섬사람들의 후창이 특히 두드러졌다. 그런데 또 연이어 터져 나온 외침이 있었다. 그것은 섬사람들 중의 한 사람이 자발적으로 내지른 외침이었다.

"군수 만세! 군수 만세! 여러분, 우리들의 군수를 헹가래 칩시다!"

"옳소, 옳소!"

섬 북쪽의 한 용암 동굴에는 도니락 종이 주둔하고 있었다. 동굴은 바다로 통하는 큰 웅덩이인 소가 있고, 태양이 없는 암흑의 공간이었다. 그리고 인간들의 시공을 공유하면서 인간들을 연구할 수 있는 가장 유력한 장소였다. 또한 전략적 요충지로서 폭이 25m인데다가 높이가 30m에 이르고, 길이는 13Km가 넘었다.

자신들의 초능력을 크게 위축시키지 않으면서 여러 전술을 펼칠 수 있는 규모였다. 동굴 길이가 너무 길어 섬사람들이 이 동굴을 만장굴이라 일컫고 있었다.

도니락의 수뇌부 회의가 동굴의 중앙 본부석에서 열렸다.

친위대 총독 퍼블이 단상에 있는 용암표석인 거북바위에 앉았다. 우람한 체격에다 은빛 머리칼, 툭 튀어나온 눈을 가진 퍼블이었다. 그런 그의 모습에 수뇌부 사령관들이 압도당한 듯 모두 경직돼 있었다.

"이곳까지 필사적으로 진군하느라 수고 많았다. 낙오자는 거둬들이지 않겠다. 여기 모인 제군들만이 대망의 반열에 오를 자격이 있다. 회의가 끝나면 각자 예속 부하들에게 가서 그 노고를 치하하고 마음껏 즐겨라."

주위에 빙 둘러 앉아 있던 사령관들이 제각기 강렬한 빛을 내며 반색했다.

"이제부터 빛을 아껴라!"

퍼블이 호통을 쳤다. 사령관들 몸체의 발광이 곧 사라졌다.

"벌써 잊었나! 오늘 분화구에서 정찰부 몇몇 대원들이 함부로 빛 비늘을 날렸다가 끝장나버린 사실을! 그리고 그 무엇보다 중요한 건 우리의 과업을 완성할 때까지 우리 종의 실체를 보안하는 것이다. 철저히 빛을 아껴라! 알겠나!"

"용서하십시오, 퍼블 총독님."

정찰부 사령관 이츄가 대머리를 푹 숙였다. 바로 곁에 있던 전투부 사령관 아고닉이 그때를 노렸다.

"정찰부는 전투인지 정찰인지 상황 구별도 못하나! 부하를 그렇게 가볍게 희생시키다니 말야."

아고닉의 말에 이츄의 대머리에서 빛이 반짝 드러났다 사라졌다.

"죄송합니다. 아고닉 사령관님."

서열이 낮은 이츄가 인내심을 발휘하며 머리를 숙였다.

"앞으로 실수 없이 임무수행 해! 그리고 그 재수 없는 대머리부터 빨리 바꿔!"

내친 김에 아고닉이 훈육부 사령관에게까지 충고했다.

"그레쉬, 대원들 훈련을 똑바로 시켜 내보내시오. 천방지축으로 날뛰게 하지 말고, 알겠소?"

아고닉이 자신의 몽골머리를 쓸어 올리며 거만을 떨었다. 서열이 높은 그레쉬였다. 살을 떨고 있던 그의 뚱뚱한 몸체에서 강렬한 빛이 뿜어졌다.

"이봐, 아고닉! 명령은 내가 한다! 감히 누구한테 명령이야!"

"그레쉬, 빛을 꺼!"

퍼블의 고함에 그레쉬의 빛이 바로 사라졌다.

“이제 누구든 다시 빛을 보이면 총독 권한으로 처단하겠다. 알겠나!”

사령관들이 움찔하였지만, 아고닉의 입가에는 야릇한 미소가 흘렀다.

“총독 각하, 그럼 위기상황 땐 어떡합니까?”

임상부 사령관이 콧등에 걸린 안경을 검지로 올리며 조심스럽게 물었다.

“좋아. 변신 때의 빛과 시락톨과의 접전 때는 빛을 허용한다. 그리고 푸시양.”

“예, 총독 각하.”

“이제 여기로 왔으니 실험을 서둘러라. 재료는 얼마든지 공급할 테니. 라울님께서 자네에게 거는 기대가 심히 크다.”

“최선을 다하겠습니다.”

푸시양의 다짐이 있자 퍼블이 일어서 외쳤다.

“이제부터 섬은 우리들이 접수한다. 도니락 만세! 라울님 만세!”

퍼블의 몸에서 금싸라기 광채가 퍼뜩 이는 듯했다.

“도니락 만세! 라울님 만세!”

후창하는 사령관들의 몸에서도 빛이 나타났다. 흥분하면 생기는, 그들도 어찌할 수 없는 본능이었다.

"해산하라~."

"편히 쉬십시오, 총독 각하."

사령관들이 뒤뚱거리며 물러났다. 인간의 행세를 하고 있으나 아직 미숙한 그들이었다. 퍼블은 그래도 그들의 뒷모습을 보며 흡족해하고 있었다.

제 부서 위치로 돌아간 사령관들은 집회를 열어 퍼블의 지시를 전달했다.

아고닉이 이끄는 전투부의 진영은 동굴의 제 2입구 구역이었다.

도니락은 철저히 계급화로 조직돼 있었다. 생산자인 라울 아래로 크게 다섯 부서로 나눠졌는데 동굴의 전력 배치에서 뚜렷이 나타났다.

용암이 흘러 머문 끝자리부터 낮은 서열 부서가 자리 잡았는데 정찰부가 끄트머리인 제 1입구 구역이었다. 제 2입구 바로 위에 있는 동굴인지라 2층 동굴이나 다름없었다. 전투부, 훈육부가 제 2입구 구역이었다. 훈육부가 뒤쪽을 차지했으므로 서열상으로 전투부보다 우월했다. 제 3입구 구역은 앞쪽에 임상부, 뒤쪽은 친위부가 배치됐다. 따라서 친위부가 가장 막강했다.

아고닉의 명령이 하달되고 있었다. 수백 명의 부하들이 벽면 복층 난간의 그를 올려다보며 잔뜩 긴장하고 있는 눈치였다.

"퍼블 총독은 변신 때와 시락톨과의 접전 때만 빛을 허용한다고 말했다. 그러나 난 추가한다. 개인과 관계되는 일이 아니라면 빛을 허용하겠다. 이에 따른 책임은 내가 전적으로 지마. 알겠나!"

아고닉은 그의 부하들에게 퍼블과는 그릇이 다르다는 걸 보여줬다. 그런 그의 뜻이 이어졌다.

"그리고 내 한 가지 훈육하마."

그러자 심해로부터의 먼 이동 탓에 피로에 찌든 부하들이 한숨을 내쉬었다. 순간, 아고닉이 느닷없이 난간을 뛰어내렸다. 그의 발이 바닥에 닿기 직전이었다. 그의 몸이 솟구치면서 금빛 망토를 입은 악령으로 변하더니 엄청난 속도로 회전했다. 어디서 분출하였는지 분신 악령들도 그 악령과 반대 방향으로 회전했다. 컴컴한 동굴이 회전하며 뿜어대는 금빛에 금세 찬연한 곳으로 변했다.

조금 후, 악령이 회전을 멈추고 동굴 벽면을 수평으로 유영하듯 스치면서 한 바퀴 돌더니 둥그런 천장에 머물렀다. 그러자 계속 회전하고 있던 분신들이 그에게 점액처럼 착착 달라붙으면서 다시 몽골머리의 아고닉으로 서서히 내려왔다.

부하들의 한숨이 탄성으로 바뀌는 순간이었다. 역시 사령관다운

기량이었다. 그들과의 차이점은 분명했다. 아고닉은 한 개체로서 다양한 변신이 가능하였고, 그들은 서로를 합체해야만 그렇게 변신 가능했던 것이다.

"방금 보인 술법은, 오로지 나와 생산자이신 라울님만이 할 수 있다는 것을 증명해 보이기 위해서였다. 허니, 나의 힘과 능력을 의심 말고 나의 명령만 철저히 복종하라. 사령관으로서 앞으로 어둠과 태양을 다스릴 수 있는 도니락은 나 아고닉 일 뿐이러니. 알겠나!"

"옛!"

부하들의 우렁찬 복종이 동굴에 울렸다. 이어 한껏 고무된 구호도 터져 나왔다.

"아고닉 사령관 만세! 만세!"

이윽고 그들이 들어 올린 아고닉이 천장 가까이로 오르고 있었다.

서당에 혼자 남은 마루보가 밀린 학습을 하고 있었다.

"집중력이 많이 떨어졌구나. 애월 숙부 댁에 갔다 오려무나."

훈장이 곰방대의 연기를 내뿜고는 지긋이 말했다.

“할아버님, 왜요?”

“태울이가 들불 축제 때 준마를 얻었다고 하구나.”

“준마를요?”

마루보의 귀가 쫑긋했다.

“자세한 건 모르겠다. 암튼, 숙부 뵌 지 오래되었으니 겸사겸사해서…….”

“언제 찾아뵐까요?”

마음이 들뜬 마루보가 훈장의 말꼬리를 끊고 물었다. 훈장이 곰방대를 재떨이에 내려놓고 하얀 턱 수염을 쓸어내리며 말했다.

“거 봐라. 머릿속이 아직도 하륵 생각뿐이니 무슨 공부가 되겠느냐. 날이 어둡기 전에 당도해야 하니 지금 가거라.”

“지금요?”

뜻밖의 말에 마루보가 귀를 의심하며 반문했다.

“그래. 가서 며칠 푹 쉬었다 오되, 하륵을 깨끗이 잊고 오너라. 그래서 공부도, 목장일도 열심히 하구. 알겠냐?”

“예, 할아버님! 그럼 다녀오겠습니다.”

마루보가 벌떡 일어서서 큰 절을 올리자, 훈장이 서찰 하나를 마루보에게 건넸다.

"중요한 서찰이니, 당도하면 바로 숙부께 전해 드려라."

"예, 할아버님."

서찰을 쥔 마루보는 서둘러 방문을 나왔다. 마당에서는 쉬는 시간 틈을 이용하여 서당 아이들이 활쏘기 시합을 하고 있는 중이었다.

"마루보 나왔다."

"마루보 실력을 보자."

"활쏘기는 마루보가 최고여!"

"사냥도 왕이여!"

다들 반색하며 마루보를 반겼다. 급한 마음이었지만, 그런 벗들의 요구를 물릴 칠 수 없었다. 활이 마루보에게 주어졌다. 볏짚으로 만든 허수아비가 과녁이었고, 목표점은 검은 돌이 박힌 이마의 중앙이었다.

화살이 현에 걸리면서 활등이 세워졌다. 쓰윽, 시위가 어깨 언저리까지 당겨졌다.

모두들 숨죽이면서 과녁과 마루보 쪽으로 눈을 번갈아 굴렸다.

온 신경을 집중시킨 화살이 마루보의 두툼한 손에서 떠날 순간이었다. 이마에 검은 돌이 박혀 있는 것은 허수아비가 아니라 하륵이었다.

"헉!"

멈췄던 숨이 풀리는 순간, 시위를 떠난 화살이 과녁과 훨씬 벗어나 버렸다.

"어, 왜 그래?"

"훈장님께 혼났는가봐!"

"이상하다. 한 번 더 쏘아봐."

"그래, 한 번 더 쏘아봐."

재촉하는 벗들을 뒤로 하고, 마루보는 더벅머리를 숙인 채 묵묵히 마구간으로 갔다.

하륵이 죽던 그날이었다.

훈장과 백부가 가까운 오름에 하륵을 묻었다. 일을 끝내고 백부 집으로 다들 돌아온 후 제각기 물어왔다.

"하륵 이마에 왜 구멍이 났었지?"

백부가 물었지만, 마루보는 고개만 가로저었다.

"눈밭에 패여 있는 둥그런 흔적은 뭐냐?"

이번에는 훈장이 물었지만, 역시 고개만 가로저었다.

충격에서 벗어나지 못했던 마루보는 이어진 그 어떤 물음에도 대답하지 못했다.

말문을 연 건 오등리 집으로 돌아온 직후 안거리 방에서였다. 분화구에서 있었던 일들을 그때 훈장에게 자초지종 털어놓았다.

그런데 훈장의 반응이 의외로 덤덤했고 관대했다. 도무지 이치에 맞지 않는 얘기인지라, 예전 같으면 벼락이 떨어졌을 법한 일이었다.

"이리 오너라."

마루보를 곁으로 불러들인 훈장이 그의 더벅머리를 쓰다듬으며 말했다.

"이 할아버지는 마루보를 믿는다. 넌, 나의 손자이자, 섬의 아들이니."

그런 일이 있은 후, 마루보는 빠른 안정을 찾았다. 몸 어느 구석에 그날의 의문과 슬픔을 고스란히 새겨둔 채.

해안 지대로 가까워질수록 바람이 거칠었다. 조랑말이 먼 곳까지의 나들이는 처음이라 도중도중 쉬었다 갔는데도 해가 길게 남아 있었다.

'이 시간대라면 오누이가 물질을 하고 있을 거야.'

마루보는 숙부 집으로 바로 가지 않고 먼저 오누이부터 찾기로 했다. 준마에 대한 호기심이 더욱 컸기 때문이었다. 그래서 자신이 하룩과 늘 가까이 있었듯, 그들도 분명히 그 말과 같이 있을 것이라 여겨져 발길을 달리 해버린 그였다. 해변 언덕 위에 도착했을 때 해녀들의 소리가 들려왔다.

"휘우우~ 휘우우~."

물질을 끝내고 물 밖으로 나오는 족족 숨을 내쉬며 자신들의 무사함을 알리고 있었다. 겨울철이라 다들 뱃물질은 하지 못하고 가까운 곳에서 갯물질을 하고 있는 중이었다. 해송에 조랑말을 묶고 해변 쪽으로 시선을 둔 마루보의 눈이 번쩍 띄었다. 헤엄을 익히는 죄기통 부근에 말 한 필이 떡하니 서 있는 것이다.

'아, 저 말이구나!'

오누이가 데리고 나온 말이 틀림없어 보였다. 멀리서 봐도 빼어난 말임을 알 수 있을 정도로 장골이 대단했다.

언덕 아래로 미끄러지듯 내려가 단숨에 해변에 이른 마루보는 천천히 적색마 쪽으로 다가갔다. 가까이에 이르러서는 돌로 둥글게 둘러쳐져 있는 죄기통으로 가 말의 모습을 살폈다. 그렇게 약간의 시간이 흘렀을 때였다.

"마루보 형~."

"오빠~."

오누이가 수면 위에서 태왁에 의지한 채 손을 흔들었다.

"안녕~ ."

마루보도 손을 흔들며 반갑게 화답했다. 그런데 때마침 요지부동이었던 적색마도 입을 연신 푸드득거렸다. 자신이 수상쩍은 사람이 아니란 걸 오누이와의 인사를 통해 알아차린 모양이었다.

"녀석, 이제야 경계를 푸는구나."

마루보가 말 앞으로 다가가 말의 등을 어루만졌다. 그러자 말이 머리를 흔들며 그의 손길을 반겼다. 영리한 말이 분명했다.

그는 한번 올라타 달리고 싶은 충동이 들었다. 시간은 충분했다. 물속의 해녀들이 다 나올 때까지 오누이가 기다리고 있어야만 했다. 그것은 해녀 공동체 문화이자, 누구든 지켜야 할 율법과도 같았다.

마루보가 조바심을 내며 말을 타도 괜찮겠느냐는 시늉을 오누이에게 건넸다.

멀리서 응답이 왔다.

"그래, 어차피 형 말이야~ ."

'내 말이라니!'

믿기지 않았던 마루보가 죄기통으로 첨벙첨벙 달려가 확인했다.

"하륵이 죽었다며~ 그래서 아버님이 선물로 주라고 했어~ ."

세르미가 카랑카랑하게 외쳤다.

비로소 마루보가 확신했다.

"애들아~ 고맙다~ ."

신명난 마루보가 말에게 가기 위해 죄기통에서 다시 첨벙댔다. 그러다가 그만 몸의 중심을 잃고 철퍼덕 주저앉고 말았다. 날이 추워 몸이 시릴 법 했으나, 그의 표정은 오히려 시원함을 느끼는 것 같았다. 오히려 그 시원함을 즐기려는 듯 그 모양새 그대로 있는 그였다. 누비바지와 누비저고리가 온전히 젖은 채였다.

'저 녀석은 하륵 분신이야, 이름도 하륵으로 해야지!'

죄기통 너머 있는 적색마를 보며 마루보가 중얼거렸다.

"이크!"

더럭 놀란 마루보가 파닥 일어섰다. 옷이 젖은 거까지는 괜찮았는데 서찰을 깜빡하고 말았던 것이다. 저고리 안주머니의 서찰을 꺼내어 보니, 이미 흥건히 젖어 글자가 번져버린 상태였다.

마루보는 망연자실한 채 죄기통을 나왔다. 그러고는 바위 쪽으로 가서 서찰을 엎어 볕에 말렸다. 말려서 해결된 문제는 아니었지만 별다른 방도가 없었다.

적색마를 얻은 기쁨은 잠시였고, 젖은 서찰에 대한 고민은 한참 길

었다. 바위에 앉아 그렇게 고민하던 중, 마루보의 머릿속에 퍼뜩 떠오르는 게 하나 있었다. 하르방이었다. 분화구에서 신비한 능력을 보였던, 이상한 음성, 그래서 지금까지도 풀 수 없는 의문으로 남아 있는 하르방이었다.

"야울~."

아주 조그만 소리로 무관 하르방 야울을 불러보았다. 아무 반응이 없었다. 내친 김에 크게 외쳐보았다. 여전히 반응이 없었다. 혹시나 하여 문관 하르방 해울도 불러보았다. 역시였다.

'그럼, 그땐 신의 장난이었던가?'

의문이 더할수록 돌이 하나, 둘 바다로 날아갔다. 그렇게 얼추 예닐곱 개 던졌을 때였다. 별안간 구슬들이 생각났다. 그 구슬들은 죽은 하륵의 곁에서 피어났기에, 하륵의 분신으로 생각한 마루보가 늘 몸에 지니고 있었던 터였다.

호주머니에서 꺼낸 구슬들은 모두 다섯 개였다. 그런데 물기 젖은 구슬이라 그런가 구슬에 무슨 형상이 보였다. 이따금씩 구슬들을 봐 왔지만, 그땐 제각기 제 색만 곱게 낼 뿐 특이한 건 없었다.

'뭐지?'

마루보가 부리부리한 눈을 번뜩이며 구슬 속을 들여다보았다. 그랬더니, 모자를 쓰고 있는 그 형상은 약간 돌출된 눈에 목이 짧고 어깨가 구부정해 있었다. 그리고 양손은 배 부위에 모으고 있었다.

'어, 이건 돌하르방인데…….'

그랬다. 물기 젖은 구슬들이 저마다 돌하르방 형상을 드러내 보이고 있었다.

"형, 조금만 기다려~ 불 피워 놓고 갈께~ ."

유일하게 고무 잠수복을 입은 태울이 해변에서 나와 모자를 젖히며 불턱으로 뛰어갔다. 그 뒤로 물일을 끝낸 해녀들이 테왁과 연결된 망사리를 어깨에 둘러맨 채 해변으로 나오고 있었다. 하나같이 물수건을 둘러쓴 머리 위에 수경을 걸쳐 놓고, 상의는 하얀 물적삼, 하의는 까만 물소중이를 입고 있었다.

마루보는 태울의 소리에도 여전히 구슬 속 하르방에서 눈을 떼지 않았다. 연신 구슬들을 만지작거리며 끝없이 하르방을 되뇌었다. 바로 등 뒤로 세르미가 다가왔는지도 모를 정도였다.

태울은 왠지 마루보가 의아해 보였다. 분명 적색마를 타고 달리고 있어야 할 형인데 그것을 마다한 채 뭔가에 골똘하고 있으니. 마음 같아선 바로 형에게 달려가 묻고 싶었지만 불을 먼저 피워놓는 건 갓 입문한 애기잠수의 몫이라 어쩔 수 없었다.

‘응? 이럴 수가!’

하르방을 되뇌고 있던 마루보가 흠칫 놀랐다. 구슬들 속의 하르방들이 커졌다 작아졌다 하며 입체적으로 드러나고 있지 않은가!

마루보의 머리칼이 쭈뼛 섰다.

“하르방, 하르방, 하르방…….”

마루보가 좀 더 큰 소리로 하르방을 불러보았다. 그러자 하르방들이 불쑥 구슬 밖까지 튀어나오는 듯했다. 그의 짙은 눈썹과 두툼한 입술이 파르르 떨려왔다. 그런 모습을 의아하게 여긴 세르미가 마루보의 어깨를 수경으로 툭 칠 때였다.

“하르방~!’

마루보의 주문과 동시에 허공으로 날아간 은구슬이 석양 아래에서 멈추고 있었다. 그러고는 은은한 피리 소리와 감미로운 바람을 풀어놓았다. 그러자 불턱으로 향하던 해녀 무리들이 하나, 둘 쓰러졌다. 죄기통의 적색마도 철퍼덕 고꾸라졌다. 세르미는 흐느적거리다 다행히 중심을 잡았다. 불을 피운 후 마루보에게 달려가던 태울도 휘청했지만 까까머리를 흔들며 용케도 버텼다.

어안이 벙벙해진 마루보였다. 하지만 주문은 이미 탄력을 받은 상태였다.

“하르방~!”

이번에는 청구슬이 마루보의 손을 떠나 바다 속으로 낙하했다. 이와 동시에 은구슬은 마루보의 품으로 돌아오고 있었다. 그리고 이어서 바다가 춤을 추기 시작했다.

바다 주위로 빙 둘러 치솟아 오른 물기둥들이 노을자락에까지 맞닿으며 형형색색의 비를 뿌렸다. 그 물기둥들을 헤치고 출현한 고래떼들은 바다 위를 거침없이 뛰놀았다. 거북이며 소라, 새우, 해조류 등 온갖 생물들도 출현하여 마치 용궁 속의 축제인양 신명나게 즐겼다.

얼떨떨해 있었던 세 사람은 그 경이로운 장면에 압도당하여 넋을 놓고 한동안 지켜볼 수밖에 없었다. 그런 후 시간이 얼마나 지났을까? 주술에서 풀렸는지, 적색마가 푸드득거리며 일어서고 있었고, 쓰러졌던 해녀들도 저마다 몸을 뒤척이는 게 보였다. 그러자 세 사람이 무언의 시선을 재빨리 주고받더니 서로 고개를 끄덕였다.

“하르방~!”

다시금 마루보의 주문이 있자, 낙하했던 청구슬이 수면 위로 솟구쳤다. 그리고 그것은 눈 시린 푸른빛을 자아내며 그의 품속으로 날아갔다. 바다의 신기루가 지워지는 순간이었다.

부스스 깨어난 해녀들이 아무 일 없었다는 듯 다시 불턱으로 향하고 있었다.

세 사람은 누구 하나 선뜻 말을 꺼내지 못한 채 상기된 얼굴로 한동안 제자리에 못 박혀 있었다.

그럴 즈음이었다. 불턱에서 대상군이 찾는다는 한 해녀의 외침이 들려왔다.

"세르미, 태울! 이 일은 나중에 생각하기로 하자."

"……응, 오빠."

"형은 뭔가 알고 있지?"

"나도 몰라. 근데 얼마 전에도 뭔가 이상한 일이 있었어."

"그래? 나중에 꼭 들려줘. 근데 형, 형은 그렇다 하더라도 세르미와 난 왜 해녀들처럼 잠들지 않았지?"

마른 체구에 뾰족한 얼굴형을 가진 태울답게 질문도 예리했다.

"몰라, 나도 너희처럼 아는 게 없어."

대답이 의외로 간단하자, 머쓱해진 태울이 그의 까까머리를 쓰윽 쓰다듬었다.

"이 일, 부모님께 말씀드릴까?"

이번엔 물기 젖은 단발머리를 만지고 있던 세르미가 물었다. 그러자 바위의 서찰을 챙기던 마루보가 더벅머리를 흔들었다.

"곤란해. 당분간 비밀로 하자."

해녀들에게 불턱은 추의를 피하며 단지 휴식만 취하는 장소가 아니었다. 잠수에 대한 기술과 해산물의 채취 방법, 그리고 삶의 애환 등을 풀어놓으며 많은 정보를 교환하는 곳이었다. 그런 불턱의 자리는 정해져 있었다. 불의 연기를 피하는 자리는 대상군이 먼저였고, 그 옆으로 상군, 그리고 중군, 하군이 자리잡았다. 그것은 해녀 공동체의 위계질서였다. 불을 피우는 것은 하군 밑의 애기잠수부가 맡는 것이 의무와 도리였는데, 세르미와 태울의 몫이었다.

마을마다 서너 명으로 이뤄진 대상군 그룹은 인격체로서 해녀들에게 인정받아야 했고, 해산물 채취량도 출중해야 했다. 그리고 바람과 조수의 흐름을 읽을 줄 알아야 하며 공동체를 위해서 기꺼이 희생할 수도 있어야 했다.

상군 그룹은 대상군 해녀가 될 수 있는 가능성이 높은 해녀들이었다. 이들 역시 기량과 체력이 좋아 해산물 채취 실력이 탁월했다. 중

군 그룹은 보통의 해녀들로 이뤄졌다. 하군 그룹은 폐활량이 적든가, 고막이라든지 신체에 이상이 있는 해녀들로서, 낮은 기량의 소유자들로 구성돼 있었다.

그런데 애월에서는 해녀의 불문율을 깨고 있었다. 섬 어느 마을에서나 해녀는 여자였다. 그것은 전통이었다. 하지만 그런 금기를 이번에 태울을 해녀로 인정하면서 박차버린 것이다.

그렇게 되기까지 대상군들의 입김이 작용했다. 그들은 물질을 하는데 남녀를 구별한다는 것은 오히려 여자를 천대하는 미련한 짓이라 여겼다. 그래서 해녀들의 자긍심을 높이기 위해서라도 해녀가 되기 원하는 남자가 있다면 흔쾌히 받아들일 의지임을 밝혔다. 다른 마을에서도 인정하는 인격 높은 그들인지라, 그런 그들의 의지는 애월군 전체 해녀들의 모임에서 수월히 통과될 수 있었다. 이에 따라 갓난아기 때부터 물질을 즐겼던 태울은 소정의 관문을 거쳐 세르미와 같이 해녀로 입문할 수 있었던 것이다.

"마루보, 오랜만이구나."

"안녕하세요, 대상군님."

마루보가 대상군 중 연세가 제일 높은 대상군에게 공손히 인사를 올렸다. 오누이를 만나러 올 때 간간히 뵙던 대상군이었다.

“그래, 오늘은 어쩐 일로 왔느냐?”

“할아버님 서찰 심부름 때문에 왔습니다.”

“서찰이라, 그럼 숙부 댁에 들렀다가 여기 온 것이냐?”

“아닙니다, 바로 여기로 왔습니다.”

그러자 대상군이 혀를 끌끌 차며 말했다.

“그래서 내가 물어본 것이다. 그럼, 서찰이 다 젖었겠구나.”

“아니, 대상군님. 어찌 그걸 아셨습니까?”

눈웃음을 띄운 대상군이 답했다.

“너의 넓찍한 이마에 그렇게 다 씌어 있는 걸.”

그러자 한 젊은 하군이 나섰다.

“녀석아, 그럼 너의 손에 들고 있는 건 마른 서찰이더냐!”

서찰을 진작부터 쥐고 있다는 걸 잊고 있었던 마루보였다. 그만큼 경황이 없었던 그였다.

“제 불찰로 그만……. 할아버지 말씀대로 바로 숙부 댁에 갔으면 이런 어처구니 없는 일이 발생하지 않았을 텐데……. 중요한 서찰이라고 하셨는데…….”

“그렇구나. 내가 좀 봐도 되겠느냐?”

마루보는 망설였다. 남에게 보여줄 서찰은 아닌 것 같았다. 하지만

그 서찰이 젖어버린 바람에 이미 서찰로서의 기능은 상실한 것처럼 보였다. 그렇다면 대상군에게 보여줘도 무방하리라는 생각이 들었다. 그리고 이 때문에 혹시 뜻밖의 해결책을 찾을지도 모른다는 기대 탓이었다.

"여기 있습니다, 대상군님."

"그래, 한 번 보자. 넌 내 옆에 앉아 몸을 좀 녹이고 있거라."

대상군이 서찰을 받고 마루보에게 옆자리를 마련해주었다. 그리고 서찰을 보기 전 태울과 세르미도 불러 옆자리를 마련해 주면서 그들에게 일렀다.

"망사리를 보니 오늘 많이 채취했구나. 그래, 그렇게 점점 발전해 나가야 한다. 너희에게 이제 바다는 더 이상 놀이터가 아니라 목숨을 건 싸움터이니라. 체력과 물질 기술이 뛰어나다고 바다를 얕보는 어리석음을 저지르지 않도록 하여라. 바다는 그런 해녀들을 기억하고 있다가 두 번 다시 태양을 볼 수 없는 곳으로 보내느니라. 해녀는 바다를 결코 자만해선 안 될 것이며, 급박한 상황에는 대상군의 판단과 지휘를 따라야만 하느니라. 그리고 특히 태울이는 남자이지만 물질이 좋아 해녀의 길로 당당히 입문한 만큼 옹골차게 수련하여 이 섬의 최고의 대상군이 되도록 하거라."

"예, 대상군님. 꼭 그렇게 하겠습니다."

태울이 까까머리를 숙이며 다부지게 대답했다. 대상군이 빙그레 웃으면서 태울의 까까머리를 쓰윽 쓰다듬곤 서찰을 보기 시작했다. 불을 쬐고 있던 마루보는 불턱의 불에 몸을 녹이며 호주머니의 구슬을 만지작거렸다. 대상군의 결론이 좋게 나오기를 기대하며.

하늘의 고운 노을이 사라지고 해변에는 어스름이 퍼지고 있었다. 서찰의 글이 번져 있어 읽기가 까다로웠는지, 아님 글의 내용이 어려웠는지 간간히 대상군의 미간이 좁혀지는 걸 볼 수 있었다. 그런데 서찰 내용의 후반에 접어들었을 때였다. 대상군이 서찰을 움켜쥔 채 발칵 일어섰다. 불턱에서 이런 저런 말보따리를 풀어놓던 해녀들이 눈을 휘둥그레 뜨고 그런 대상군을 주목했다.

'아, 일이 잘못됐구나!'

마루보는 일이 더 커지거나 꼬여간다는 걸 깨닫곤 낙담했다.

"늦었으니, 이제 다들 집으로 돌아가세요."

대상군이 위엄 있는 목소리로 모두에게 지시를 내렸다. 그러자 해녀들이 고개를 갸우뚱거리며 주섬주섬 망사리를 챙기기 시작했다. 마루보도 세르미, 태울과 함께 일어서서 대상군의 눈치를 살폈다.

"너희들은 여기 남아 있거라. 따로 할 얘기가 있다."

“…….”

그렇게 해녀들이 모두 떠나고, 철썩거리는 파도만 귓바퀴에 맴돌 았다.

불턱의 불씨가 꺼져갈 무렵이었다.

시름에 한참 잠겨 있던 대상군이 먹먹해 있는 그들에게 비로소 입 을 열었다.

“얘들아, 내 말을 오해 말고 들어라. 그러니까 이 서찰의 내용은 도 무지 섬사람이 쓴 것이라고 여겨지지 않는단다. 서찰 내용으로만 보 면 마루보 할아버지, 너희 아아버지 모두 수상한 사람들이라 여겨진 다.”

뜬금없는 말에 깜짝 놀란 마루보가 바로 물었다.

“대상군님, 무슨 말씀이신지?”

태울도 물었다.

“섬사람이 아니라면, 그럼 할아버님과 아버님이 육지 사람이었단 말씀이신가요?”

그러나 창백해져 있는 대상군은 애써 침묵하며 서찰을 마루보에게 돌려주었다.

대상군이 읽은 서찰의 요지는 대략 이러했다.

심해 아귀의 돌연변이 종이 진화해서 섬의 인간들로 변신해 있다는 것이다. 그리고 훈장과 같은 종들이 그 돌연변이 종들의 처리 문제를 놓고 본토에서 곧 회의가 개최될 예정이라는 것이다. 그리고 서찰 말미 무렵에는 ‘자르몽’ 으로 시작되는 대목이 있었다. 하지만 내용이 물에 번져 있어 대상군으로선 알 수 없었다.

망사리를 어깨에 걸친 대상군이 암울한 눈빛으로 말했다.

“서찰 내용으로만 본다면, 섬뜩한 일이지만, 아니다, 내가 잘못 읽었겠구나. 그럴리가 없지, 암.”

대상군이 고개를 절레절레 젓다가 그들에게 당부했다.

“암튼, 내가 서찰을 보았다는 말은 꼭 비밀로 부쳐야 한다.”

“예.”

세 사람은 침울히 대답했다.

그 후, 그들은 대상군이 서찰을 잘못 보았던 것으로 매듭지었다. 그러나 그들은 뭔가 숨기는 것 같은 대상군의 인상을 떨칠 수 없었다.

다들 무거운 발걸음으로 해변 언덕에 다다를 때였다.

죄기통 쪽의 적색마 울음소리가 해변을 가르며 들려왔다. 서찰로 인해 다들 적색마를 챙기지 못한 탓이었다.

“하륵~ .”

마루보가 어느새 죄기통으로 달음박질치고 있었다.

제주도 만장굴 내부

시락톨 대성주와 도니락 라울

섬은 지천으로 노란 유채꽃을 피우며 완연한 봄을 맞고 있었다.

마루보가 집으로 돌아온 지도 두어 달이 지났다. 훈장은 그 날 서찰 건에 대해 문제 삼지 않았었다. 마루보가 대상군의 이야기는 쏙 뺀 채 나머지 부분만 전했기 때문이었다.

"마루보야, 혹 다른 사람이 서찰을 본 건 아니었겠지?"

"예!"

훈장이 그렇게 물어왔을 때 단호하게 대답했던 마루보였다. 그런데 그날 밤 훈장의 행동이 이상했다. 하륵이 있는 마구간에서 한동안 머무르다 나오는 것이다. 새로운 말을 살펴볼 수도 있었으나, 그 시간이 제법 길었고, 그것도 야심한 시간이었다. 그리고 그 같은 일을 매일 반복하는 훈장이었다.

그런지 열흘 후였다.

훈장이 하루에 꼭 한번씩 읍내를 다녀오는 날이 있는가 하면, 며칠 동안 귀가하지 않는 날도 더러 있었다. 서당 학업 지도를 빠뜨리기 일쑤였고, 출타하지 않는 날이면 밤낮으로 낯선 사람들의 방문이 끊이지 않았다.

마루보는 그런 훈장을 눈여겨보며 일말의 의혹을 품었다. 그건 자칫 불경스런 일이 될 수 있었다. 그러나 대상군이 말한 것처럼, 훈장이 수상하지 않다는 걸 오히려 확인하고 싶은 까닭인지 몰랐다.

그 확인은 곧 나타났다. 훈장의 행동폭만 넓어 졌을 뿐, 많은 시간이 지나도 특별히 이상한 점을 발견할 수 없었던 것이다.

'내가 감히 할아버지를……'

마침내 평상심을 되찾은 마루보는 하륵을 타고 예전처럼 초원을 누비며 목장 일을 돌보았다. 그리고 틈틈이 마을 벗들과 사냥도 즐겼다. 그러다가 어느 날 잊고 있었던 구슬들이 불쑥 떠올랐다.

'다른 구슬들은?'

그 길로 마루보는 하륵을 몰고 애월의 오누이를 찾아갔다. 그러고는 하륵을 오누이 집에 두고 그들과 함께 애월 부근의 곽지 해변 백

사장을 찾았다. 시린 해풍 탓에 인적이 드물고, 장소가 넓으면서 모래알이 몹시 잘아 시험해본 구슬을 금방 찾아낼 수 있기 때문이었다.

그들의 시험이 시작됐다.

"하르방~!"

마루보가 먼저 흑구슬을 허공에 던지며 주문을 외쳤다. 그러자 돌들이 비어 있는 백사장이었는데도 불구하고 어디선가 검은 돌들이 무수히 날아들었다.

"형, 이 검은 돌들은 대체 다 뭐야!"

"어~, 오빠, 내 몸이 뜨고 있어!"

"나도 그래~!"

그랬다. 어느 틈엔가 각자 돌 하나씩에 올라서 있는 그들이 해변 위로 서서히 오르고 있었다. 그러고는 금세 쪽빛 바다 위를 날고 있는 그들이었다. 수많은 돌들이 세찬 해풍의 바람막이가 되어 주며 그들과 함께 비행하고 있었다. 멀리서 보면 마치 철새들의 대이동 같은 광경이었다.

"형~, 굉장해~!"

제법 긴 비행을 마치고 백사장으로 먼저 내려오던 태울이 소리쳤다. 그런 그의 음성에는 처음의 두려움과는 달리 황홀한 떨림이 묻어나 있었다.

비행이 끝나고 흑구슬이 다시 마루보 품으로 돌아왔다. 흑구슬의 시험이 끝난 것이다. 하지만 그들은 흑구슬의 신비한 염력에 흥분된 마음을 한동안 삭이지 못한 채 마냥 그렇게 있었다. 그러다가 칼바람의 추위를 다들 느껴갈 무렵이었다.

"마루보 오빠, 녹구슬은 내가 던져 볼께!"

세르미의 당찬 제안이었다. 이로 인해, 비로소 남은 구슬 시험을 서두를 수 있었다.

"하르방~!"

도톰한 입술에서 나온 세르미의 음성이 해변에 굴렀다.

조금 후, 창공에서 새 둥지 알의 모습을 담은 장면이 흐르고 있었다.

"저것 봐, 오빠. 내가 날아가는 갈매기를 향해 던졌는데, 저 장면이 나오고 있어."

흥분한 세르미의 말이 끝났을 때는, 알에서 깨어난 새끼 갈매기가 어미가 주는 모이를 받아먹고 있는 장면이 흘렀다. 그리고 이어진 건, 그 새끼 갈매기가 가파른 절벽 위에서 첫 비상의 두려움에 떨고 있는 장면이었다.

"새끼 갈매기야, 힘내!"

세르미가 안타까워 팔을 저으며 외쳤다.

마침내 새끼 갈매기의 비상이 펼쳐졌다.

"햐, 신기해!"

동그란 눈이 더욱 커진 세르미가 탄성을 질렀다.

"형, 갈매기의 과거를 보여주고 있는 거 같애."

"응, 대단해!"

그랬다. 그리고 두 번째의 시험에서도 똑같은 현상이 나타났다. 즉, 그 대상이 무엇이든 그들의 과거를 창공의 창을 통해 보여주는 것이다. 실로 신비스럽고 놀라운 구슬이 아닐 수 없었다.

아무튼 그 시험들을 끝낸 후 마루보가 이렇게 제의했다.

"너희에게 이 구슬을 나눠주고 싶단다. 내 동생들이고, 나에게 큰 선물인 하륵을 주었으니, 그 답례로 말이야."

마루보가 오누이의 손에 억지로 구슬을 쥐어줬다. 이로써 태울은 청구슬, 세르미는 녹구슬, 마루보는 은구슬과 흑구슬, 그리고 주홍구슬을 지니게 됐다.

밤 무렵에 오등리 집으로 돌아온 마루보는 아침 일찍 읍내로 출타했던 훈장을 기다리다 잠을 설쳤다. 새벽 무렵에 일어난 그는 안거리의 댓돌을 살펴봤다. 훈장의 신발이 보이지 않았다. 귀가하지 않은 모양이었다. 잘된 일이었다. 새벽에 주홍구슬을 시험해볼 작정이었던 것이다.

"끼럇~!"

하륵에 올라탄 마루보가 고삐를 한라산 쪽으로 틀었다. 마지막 구슬 시험을 한라산의 정기를 받으며 해보고 싶었기 때문이었다.

한라산 성판악 쪽으로 방향을 잡은 산길은 험하고 거칠었다. 하륵은 그 길을 지친 기색 없이 어스름을 뚫으며 쉼 없이 올랐다. 그러고는 여명이 퍼질 무렵, 마침내 마루보를 백록담 분화구 위에 내려놓았다.

"넌 신이 빚어낸 말이야!"

마루보가 하륵의 귀에 속삭이곤 안장에서 뛰어내렸다.

4월 중순경이었지만, 산꼭대기는 칼바람이 불었다. 그 위세가 정상 아래에 어슴푸레 보이는 모든 오름들을 마구 벨 것만 같았다. 그 한기에 마루보의 손발과 얼굴이 마비돼가고 있었지만, 눈빛만큼은 강렬히 빛나고 있었다.

마루보가 가죽 두루마기 안쪽 주머니에서 주홍구슬을 꺼내 어루만졌다. 그러자 구슬이 서서히 빛을 뿜으며 얼어가는 손에 온기를 퍼뜨렸다. 그런 때를 기다렸다는 듯, 마루보가 발아래의 백록담을 향해 구슬을 던지며 소리쳤다.

"하르방~!"

거센 바람을 타고 마루보의 주문이 백록담 분화구로 흩어졌다. 이와 동시에, 백록담 중앙 허공에 머물던 구슬의 빛 무리가 그를 휘익 빨아 당겼다. 그 흡입력은 실로 눈 깜짝할 새였다.

'이건 또 무슨 요술이지?'

구슬 속 돌하르방은 오간데 없고, 그 자신이 구슬 속에 들어와 있는 걸 느꼈다.

그곳은 풀밭에 누워 흐르는 구름을 쳐다보는 아늑함이 깃들어 있었다. 다만 그는, 백록담이라는 거대한 조개에서 주홍 진주가 피어오르는 듯한 황홀한 전경을 볼 수 없었다. 그 진주가 화려한 광채를 내며 시나브로 커지고 있는 풍경도. 그래도 구슬 밖의 풍경을 볼 수 있는 게 하나 있었다. 그것은 구슬의 또 다른 주술을 경험하는 순간이었다. 구슬 밖으로 나갔던 돌하르방이 대패랭이 모자를 벗어 수많은 분신들을 탄생시켰다. 그리고 자신은 이내 사라져버렸다. 그렇게 남은 분신들은 구슬의 빛을 받으며 바람개비 형태로 회전했다. 그걸 보는 그는 거의 무아지경에 이르렀다.

"그만~!"

마루보는 자신도 모르게 주문을 외웠다. 그러나 바람개비의 회전은 더 빨라진 것 같은 느낌이었다. 이렇게 되면 그는 구슬 속에 영원히 갇히게 되는 셈이었다. 마루보는 초조해졌다. 줄곧 얌전히 있던 하룩도 그걸 염려하고 있는지 마구 푸드덕거리기 시작했다. 다급해진 그가 다시 주문을 외쳤다.

"안 돼!"

단호한 주문이었지만 찬란한 소용돌이를 볼 뿐이었다. 마루보는 아까와는 달리 구슬 속에서 자꾸 눌려지는 자신을 느꼈다. 질식이었다. 그렇게 되자 극도의 조바심마저 일어 숨통이 끊어지기 직전까지 이르렀다.

그때였다. 그의 입에서 본능적으로 희미하게 새어 나온 말이 있었다.

"하… 르… 방."

바람개비는 그래도 돌고 있는 듯했다. 이에 모든 기가 소멸돼버린 마루보가 푹 고꾸라질 때였다. 바람개비 속도가 점점 더뎌지는 것이

그의 실눈에 잡혔다. 순간, 가위눌림 당했던 숨통이 확 트였는지 금세 생기를 되찾고 있는 그였다.

"하르방~!"

뭔가를 감지한 것 같은 마루보가 다시 주문을 넣었다. 그러자 그걸 반기기나 하듯 멈춰선 바람개비가 아름다운 연출을 자아냈다. 그것은 분신들이 다시 원래의 돌하르방을 발끝부터 대패랭이 모자에 이르기까지 합체해 내는 진귀한 장면이었다.

'그렇구나!'

주문은 상황이 아무리 급박해도 '하르방'으로만 통했다. 그 외 주문은 그 상황에 적절하더라도 통하지 않았다. 다른 구슬들은 수월하게 한 번의 주문으로 제각각의 주술을 보여줬다. 그때는 죄다 '하르방'이란 주문으로 시작했고, 마무리도 그랬다. 그리고 그것은 단지 그 구슬의 역할에만 맡겨졌을 뿐, 그가 할 일은 없었다. 그런데 주홍 구슬은 달랐다. 조금 전 구슬 속에서 가위눌림 당할 때 열망을 담아서 '하르방' 주문을 하니 늦었지만 통했다. 그리고 합체를 열망했을 때는 그와 동시에 이뤄졌다. 그렇다면 열망에 따라 직접 관장도 가능한 구슬이었다.

생각이 거기에 미친 마루보는 가부좌를 틀고 두 손을 합장했다. 그리고 자신의 열망을 주문에 담았다.

"하르방~!"

순간, 돌하르방 모자에서 분신들이 우르르 몰려나왔다. 그러더니 무관 하르방들과 문관 하르방들이 이열횡대로 섰다. 이건 온전히 마루보의 열망에서 비롯됐다.

마루보는 한편으론 신기해하고, 또 한편으론 놀라워하면서 다른 열망을 주문해 봤다. 그랬더니 정말로 야울들과 해울들이 줄지어 교차되면서 양손들을 번갈아 오르락내리락 리듬을 타며 흥겹게 춤을 추는 것이다. 열망대로였다. 그의 입가에 환한 미소가 번졌다.

시간이 더할수록 마루보는 마치 그들과 한 몸이 된 것 같은 느낌이었다. 하룩도 그런 것 같았다. 제 딴에 무슨 가락에 맞추듯 머리를 신명나게 흔들어대며 그들과 어우러지는 모습이었다.

백록담에서의 시험을 끝내면서 마루보는 터득한 게 하나 있었다. 그것은 주홍구슬과 자신이 한 몸이라는 것을. 구슬 속의 마루보가 다시 주문했다. 그러자 구슬 속으로 빨려들 때와 반대로 텅 밀려나가더니 원래의 곳으로 되돌아온 그였다. 그걸 실감하게 해준 건, 그를 향해 달려드는 매서운 바람과 어느새 그의 품속으로 돌아와 있는 주홍구슬이었다. 그로써 다섯 개의 구슬 시험은 모두 끝난 셈이었다.

"하륵, 너도 보았지? 이제 됐어!"

훌쩍 하륵의 등에 오른 마루보의 얼굴은 그 어느 때보다도 강인했다.

"끼랴~!"

해무에 가려진 성산포 일출봉이 한라산을 내려가는 마루보의 시야에 또렷이 들어 오고 있었다.

섬의 군수는 본토의 부름을 받고 아침 일찍 여객선에 몸을 실었다. 본토를 연결하는 유일한 수단인 이 여객선은 언제나 볼품없고 퀴퀴한 인간들로만 들끓는 것 같았다. 그런데다가 느려빠져 지루하고 따분한 시간의 연속이었다. 이번에도 어쩔 수 없이 이 여객선에 승선하게 된 군수는 객실에서 몇 번이고 뱃머리로 뛰쳐나와 담배를 피워댔다.

'젠장, 거북이 등에 올라타 바다를 건너는 게 낫지, 이게 뭔 고생이람.'

여객선의 모든 걸 마뜩찮게 여기는 군수였지만, 그렇다고 불편한

심기를 함부로 드러낼 처지도 아니었다. 군수를 알아본 섬사람들과 불꽃축제 때의 군수를 기억하고 있는 사람들이 여기저기서 인사를 건네 오고 있기 때문이었다.

그 가운데 특별한 한 사람이 있었다. 바로 섬의 안전을 책임지는 경비 대장이었다.

"군수님 별고 없으시죠?"

하얀 모자와 하얀 제복을 입은 경비 대장이 노랑머리의 군수에게 인사를 건넸다.

"이제나 저제나 나타날까 기다렸는데 그래, 어디 계셨습니까?"

군수는 짜증 섞인 어투로 경비대장을 맞이했다. 늦어진 접선 탓이었다.

"긴 항해 아니오. 요즘 하도 잠을 설쳐 객실에서 아예 한숨을 자버렸지요."

"아니, 그럴 여유가 있습니까? 지금 제일 신경 쓰실 분이 아니십니까?"

군수가 매부리코를 매만지며 따지듯 물었다. 그러자 경비대장이 모자 창을 쓰윽 만지며 주위를 한 번 둘러보고서는 부릅뜬 눈으로 말했다.

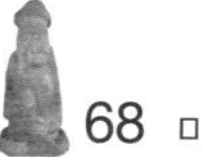

"백쉬르, 정말 몰라서 그래! 어디서나 적이 있을 수 있다는 걸! 한심한 놈 같으니……."

"그렇지만 성주님, 도니락은 태양을 볼 수 없는 종이라고 알고 있습니다."

"멍청한 놈. 눈 없이 더듬이만 가진 곤충들은 없다더냐! 자넨 꼭 다 일러줘야 알아듣나!"

"그 그렇군요. 제가 경솔했습니다."

"됐어! 지금부터 내 말 명심해 들어!"

"예, 울프님."

주눅이 든 백쉬르가 쩔쩔매며 대답했다. 울프가 주위를 다시 한 번 살피곤 배 뒤편쪽으로 백쉬르를 데려갔다. 그러고는 담배 한 대를 물고 천천히 입을 열었다.

"이제 적군과 아군을 분명히 가를 시기야. 즉, 우리 편이냐, 도니락 편이냐를 철저히 분류할 것이야. 우리 시락톨 편이 아닌 인간들의 경우 모두 가차 없이 처단할 수밖에 없지. 도니락은 밤에만 활동하는데도 어떻게 전략을 펼치는지 지금 많은 인간들을 그들 편으로 확보해 두고 있지 않냐 말이다. 이 여세라면 얼마 못가 우리 시락톨은 섬에서 설 자리를 잃게 되고 결국 끝장날지 몰라. 실컷 공들여 쌓은 성을 그들에게 통째로 넘겨주는 셈이지.”

울프가 담배 한 모금을 길게 내뱉고는 말을 이었다.

“아무튼 벌써 보이지 않는 국지전은 시작되었지만, 앞으로 전면전도 불사해야만 할 게야. 우리가 본토에 불려가는 것도 이 같은 까닭일 게구. 아마 성주들의 비난과 문책도 있을 게야. 하지만 걱정 말어. 내가 섬의 선물을 가져가니.”

“예엥, 섬의 선물이라뇨?”

백쉬르가 고개를 쑥 내밀며 물었다. 울프는 그러나 담배 한 모금을 다시 내뱉곤 어슬렁어슬렁 객실로 가버렸다.

‘염병할, 나에게까지 숨기다니⋯⋯.’

줄무늬 양복을 툭툭 턴 백쉬르가 울프와 반대 방향으로 향하면서 구시렁거렸다.

긴 시간의 항해에 승객들은 점점 지쳐가고 있었다. 배 한 쪽 구석에서 숫제 드러누워 있거나, 배 난간을 잡고 토악질을 해대는 사람들이 늘어났다. 그래도 여객선은 지독하였다. 그런 고역을 한동안 더 주고 나서야 항구에 도착한다는 뱃고동 소리를 울렸다.

이슥한 밤 시간이었다. 선착장에서 다시 만난 군수와 경비 대장은 미리 대기하고 있던 지프에 올랐다. 지프가 불빛 없는 으슥한 거리들

을 지나 중심가로 접어든 후 어느 건물 앞에 그들을 내려놓았다. 도청이었다.

그들은 무거운 발걸음으로 중앙 현관을 지나 이층 도지사 사무실로 들어섰다. 거기엔 이미 청색 제복을 입은 뭍의 군수들이 탁자를 중앙에 두고 양편으로 자리잡고 있었다. 시락톨의 신분으로선 도지사가 대성주, 군수들은 모두 성주들로 구성돼 있었다.

그런데 그런 그들은 한눈에 봐도 침통한 표정들이었다. 대성주가 애완용 겸 비상용으로 키우고 있는 실내 구석의 고양이도 덩달아 풀이 죽어 있는 듯했다.

"어서 와라, 울프, 백쉬르! 다들 기다리고 있었다."

이마가 툭 튀어나온 대성주가 자신의 오른쪽 앞자리와 왼쪽 앞자리를 가리켰다.

"급히 오느라고 왔습니다만, 워낙 뱃길이 먼 탓에……. 아무튼 면목 없게 됐습니다, 대성주님."

백쉬르가 매부리코를 만지며 오른편 자리에 가 앉았다. 울프는 좌중을 죽 한번 살펴보더니 숙연한 모습으로 왼편 자리에 가 앉았다. 그러자 그들이 채 한숨 돌릴 겨를도 없이 집중 공세가 시작됐다.

"지금 이대로 가다간 우리들 생존 자체가 위태로워! 대체 도니락은 섬의 어느 선까지 침투해 있는 거야! 파악한 대로 말해 보시지!"

탁자 중앙 오른편의 백발 노파가 카랑카랑하게 소리쳤다. 다들 호응하듯 울프와 백쉬르를 섬뜩하게 쏘아봤다. 대답이 시원찮으면 당장 비수라도 날릴 기색들이었다.

울프를 대신한 백쉬르가 파란 눈을 아래로 떨어뜨린 채 대답했다.

"대성주님과 여러 성주님들, 아직 정확히는 파악 못하고 있습니다. 하지만 다양한 정보 채널들을 가동시키고 있으니, 곧 도니락의 근거지와 침투한 범위까지 드러날 것으로 보입니다."

"이봐, 백쉬르. 그런 궁색한 변명은 필요 없네. 대체 자네들, 도니락 종의 특성을 알고 있기는 한가?"

"우리들보다 더 심해의 종인 걸로 알고 있고, 또……."

대성주의 질타에 괜스레 소침해진 백쉬르가 더 말을 잇지 못하자 울프가 나섰다.

그런 그의 눈은 무섭도록 번뜩이고 있었지만, 말투는 매끄러웠다.

"친애하는 대성주님, 그리고 존경하는 동지 여러분. 도니락을 원천 봉쇄 못한 건 시인합니다. 그러나 한 가지 확실한 건 우리 종과 도니락 종을 가려낼 줄 안다는 겁니다. 이건 여러분이 기다리던 섬의 선물입니다."

선물이라니, 울프의 발언에 모두가 귀를 쫑긋 세우며 허리를 곧추 세웠다. 야릇한 미소를 머금고 일어난 울프가 하얀 제복에 부착된 훈장을 천천히 떼어냈다. 훈장은 톱니 모양으로 그 끝부분들이 처음의 형태보다 더욱 날카로워져 있어 그가 손질한 듯 보였다.

주시하고 있던 좌중들은 실망스러웠다. 선물이란 게 고작 경비 대장직을 떠난다는 것인가! 다들 음울한 눈매로 울프를 주시하고 있을 때였다. 울프가 그들에게 그의 훈장을 보이며 냉랭한 눈빛으로 말했다.

"우리보다 훨씬 심해에 있던 도니락은 눈이 퇴화되어 있습니다. 그들이 인간으로 변신했다 하더라도 아직 제대로 된 눈을 가지지 못한 듯합니다. 다시 말해, 우리 종과의 구별법은 바로 눈입니다."

"그건 다 알고 있는 사실 아닌가?"

대성주가 울프의 말을 자르며 물었다.

"예. 그래서 그 구별법을 말씀드리려고 하는 겁니다."

"좋아, 계속해 보게."

대성주가 동의했다. 울프는 그런 그에게 고개를 숙여 경의를 표하곤 대각에 앉아 있는 노파 성주를 힐끗 본 후 말을 이었다.

"눈이 안쪽으로 쏠려있거나, 눈이 바깥쪽으로 비켜나 있을 때, 눈자위가 유난히 희뿌연 때, 그리고 눈이 너무 툭 튀어나와 있을 때, 그때는 십중팔구 도니락입니다. 여러분, 이 훈장은 제가 세운 공적을 치하하는 뜻의 선물입니다. 공적에 대해 과분한 선물이었던 만큼 제 값을 해야 하지 않겠습니까?"

말을 끝낸 울프가 좌중을 향해 음침한 미소를 흘렸다. 그러고는 훈장을 오른손 중지와 검지 사이에 끼워 넣었다. 그때였다. 대각의 노파 역시 말아 올린 백발에서 금비녀를 재빨리 빼고 있었다.

"여기에 도니락종 한 놈 있습니다. 바로 저 노파!"

휙, 날카로운 톱니 훈장이 노파에게로 날아갔다. 이와 동시에 금비녀가 울프의 가슴팍을 향해 날아들었다. 서로 교차되는 순간이었다. 노파는 풀어진 백발을 반사적으로 뿌리며 방어했지만, 울프는 방어 시점을 놓치고 말았다.

"뭐냐!"

당황한 대성주가 벌떡 일어나 외쳤다.

그러나 어느새 노파 몸은 해체되었고, 여기서 생겨난 수많은 빛 비늘들이 성주들을 쓰러트렸다. 실내 중앙에 길게 늘어져 있던 전구도 박살났고, 가구들이 빠끔한데 없이 구멍이 숭숭 나 있었다.

"일단 피하라!"

대성주가 고양이 쪽으로 몸을 날리며 다급히 명령했다.

실내에는 대다수가 희생되어 생존자는 극소수에 불과했다. 그런 그들도 빛 비늘의 공격을 정통으로 받지 않았을 뿐, 상처는 한두 군데 입고 있었다.

대성주가 고양이 면상을 향해 입에서 가스를 뿜기 전 다시 명령했다.

"생존자는 섬에서 내 지시를 기다려라!"

마침, 생존자들이 벽면을 기어가던 도마뱀들을 향해 가스를 뿜을 때였다. 그런 그들은 대성주의 명령을 새겨들으며 신속히 변신을 꾀하고 있었다.

풍비박산이 된 실내는 가스까지 가득 차 한 치 앞도 분간 못할 지경이었다. 그리고 소모되고 남은 빛 비늘들이 그 허공에 맴돌고 있었다.

대성주는 이미 고양이로 변신해 창밖으로 몸을 날린 상태였다. 도마뱀으로 변신한 성주들도 천장 쪽 틈새로 무사히 탈출하고 있었다.

조금 후였다.

완전소탕을 포기한 수백 개의 빛 비늘들이 쓱 조합하더니, 곧 올빼미로 변신해 어디론가 사라져버렸다.

그렇게들 사라진 자리엔 빛 비늘에 꽂혀 검게 변해버린 시체들이 즐비했다. 그 곁에는 고양이와 도마뱀 허물들도 있었는데, 그 속에서 울프가 신음하며 일어나고 있었다.

인적이 드문 어느 해안의 바다 속으로 들어가 몸을 온전히 축인 고양이 한 마리가 수면 위로 오르면서 천천히 대성주의 모습으로 변모되고 있었다. 그런 대성주가 별빛 쏟아지는 밤하늘을 쳐다보며 시름에 잠겼다.

'내부에 배신자가 있어 도니락에 노출된 게 틀림없다. 여기까지면 별 문제가 없을 게다. 배신자를 색출하여 처단하면 될 터이니. 그런데 직접 목격한 도니락의 놀라운 변신 능력과 가공할만한 전투력은 어쩌란 말인가!'

크게 낙담한 대성주였다. 그런 그가 밤하늘에 손을 뻗어 별들을 거머쥐는 시늉을 하며 중얼거렸다.

'빌어먹을, 저 우주가 코앞인데 이런 시련이 오다니!'

섬 북쪽의 만장굴 제 2입구에 올빼미가 날아들었다. 그리고는 곧 변신을 위해 몸을 해체시켜 동굴 속 다른 빛 비늘과 조합할 때였다.

그 번뜩이는 빛 비늘로 인해 울퉁불퉁하고 주름진 동굴바닥이 출렁이기 시작했다.

그 출렁임은 곧 입체적 형상을 드러내고 있었다. 생쥐 얼굴에 무소의 몸, 곰의 얼굴에 우람한 달팽이의 몸, 여우 얼굴에 거대한 전갈의 몸, 닭 머리에 뱀의 몸, 그리고 그 밖의 것들도 육지 생물들을 닮으려는 듯했지만, 하나같이 요물 형상들이었다. 그것은 용암인지 생물인지 도무지 분간할 수 없었고, 비상시에는 놀라운 매복이 될 수 있었다.

올빼미에서 변신된 대원이 동굴 속을 몇 번 굽이돌아 아고닉을 찾았다.

아고닉은 동굴 벽면에 드리워진 복층에 상주하고 있었다. 복층 아래에는 그의 경호원들이 진을 치고 있었다.

"아고닉 사령관님께 전해주십시오. 임무수행은, 절반의 성공이라고."

대원이 경호원 대장에게 전했다. 살구빛 제복을 입은 경호 대장이 그에게 한심한 눈빛을 띄우며 비아냥거렸다.

"절반의 성공이라, 그럼 절반의 실패군. 그렇다면 아무것도 아니란 셈인데, 결국 정체만 노출시켰다는 얘기군. 아고닉 사령관이 제일 우려하고 있는 부분이군."

경호원 대장의 몸에서 푸른 광채가 났다. 푸른 광채는 붉은 광채와 더불어 아고 닉에게 보고할 때만 특별히 허락된 빛이었다. 즉, 아고 닉에게 호재와 악재의 구별로 이 두 빛이 사용되고 있었다.

"실패군!"

푸른 광채를 본 아고닉이 난간으로 나와 대뜸 소리쳤다.

"죄송합니다, 아고닉 사령관님. 도니락을 분별할 줄 아는 시락톨이 있어서……."

대원이 말꼬리를 흐렸다. 그러자 난간에서 뛰어내린 아고닉이 대원의 멱살을 잡았다.

"어떤 놈이 어떻게 알아보던!"

아고닉이 호통치며 그의 몽골머리를 대원의 얼굴에 찍었다.

"악~ !"

대원이 얼굴을 잡고 바닥으로 나뒹굴었다.

"어서 말 못해!"

아고닉이 쓰러져 있는 대원에게 불길처럼 달려들어 다시 멱살을 잡고 고함쳤다. 그렇게 몇 번 나온 고함은 동굴을 쩌렁쩌렁 울리게 하였고, 그때마다 거대한 요물 바닥이 벌떡 일어났다 가라앉기를 거

듭했다.

"바로 이 눈이……."

눈두덩이 부푼 대원이 자신의 눈을 가리켰다.

"아니, 이 놈이!"

대원의 통증에는 안중에도 없는 아고닉이었다. 엄청난 일이 발생했는데 그 고통이 무슨 대수인가. 도저히 묵과할 수 없는 그였다. 분노가 들끓은 그가 불끈 쥔 주먹으로 대원의 면상을 내리칠 때였다.

"동굴이 왜 이리 시끄러워! 퍼블 총독이 지금 주무시고 있는 걸 아는가! 좀 조용히 일을 처리 못하나, 아고닉!"

훈육부 그레쉬가 부하들을 거느리고 와서 나무랐다. 볼성사나운 꼴로 대원을 올라타고 있던 아고닉이 벌떡 일어서며 대꾸했다.

"전투부 내부 문제요, 간섭하지 말고 그레쉬 사령관이나 잘하시오."

"뭐야!"

뚱뚱한 그레쉬의 몸에서 빛이 나왔다.

"또 쓸데없이 빛을 내구먼. 조합된 주제에!"

분명, 하극상이었다.

극도의 분노가 인 그레쉬가 자신의 몸을 분열시켰다. 그러고는 곧 바로 표독한 스라소니로 변신하면서 섬뜩한 송곳니를 드러내며 아고닉을 향해 덤벼들었다. 그러나 자체적으로 자유롭게 변신 가능한 아고닉이 한 수 위였다. 벌써 매로 변한 아고닉이 야수의 등허리에 날카로운 발톱을 찍고 천장으로 날아올랐다. 그레쉬로선 닭 쫓던 개 지붕 쳐다보는 꼴이 됐다.

그로 인해 동굴은 일대 혼란에 빠졌다. 곧, 부근의 부하들끼리의 육탄전이 벌어졌다. 이어 대거 몰려온 훈육부의 그레쉬 부하들과 바닥의 괴물과도 정면충돌의 위기에 놓였다. 그럴 때였다. 퍼블이 부하들을 이끌고 황급히 달려왔다.

"멈춰라!"

퍼블의 호통이 동굴에 쩌렁쩌렁 울렸다. 은빛 머리칼에다가 툭 튀어나온 눈에 야광까지 겸해 가히 위압적이었다.

"아고닉, 그레쉬! 군기문란 죄를 적용하여 긴급 체포한다. 너희가 사령관 직책이니 처분은 생산자이신 라울님께 맡기겠다."

그러자 둘이 본래의 모습으로 탈바꿈하였다.

"퍼블 총독님, 그건 좀 가혹한 결정이십니다."

퍼블을 뒤따라왔던 푸시양이 콧등에 걸린 안경을 올리며 만류했다. 하지만 퍼블은 푸시양의 말을 귓등으로 흘리며 단호하게 말했다.

"뭘 보고만들 있나! 체포해!"

퍼블의 명령이 떨어지자 친위부 대원들이 벌쭉이 서있는 두 사령관을 포박했다. 아고닉은 가당치 않은 퍼블의 판결에 반란을 도모하고픈 충동이 일었다. 하지만 아직 시기가 적절하지 못했다. 라울의 힘은 여전히 지존이었던 것이다.

"전부 원위치!"

숨죽이고 있던 무리들이 즉시 흩어졌다.

"압송해!"

다시 퍼블의 명령이 있을 때였다. 눈덩이가 부어올랐던 대원이 그 눈을 만지며 퍼블에게 다가갔다.

"넌 뭐야! 해산 소릴 듣지 못했나!"

"총독 각하, 그게 아니라 아고닉 사령관께 꼭 전해야 할 말이 있어서……."

"무슨 꼼수를 두려구!"

"맹세코 그게 아닙니다, 총독 각하."

대원이 무릎을 꿇었다. 그러자 푸시양이 나섰다.

"공개적인 발언이면 허락하시고, 은밀한 얘기면 내치십시오."

"음, 그러지."

고개를 끄덕인 퍼블이 대원에게 일렀다.

"그럼 공개할 수 있나!"

"예, 아고닉 사령관님이 허락하신다면……."

"좋아, 아고닉 자네가 대답해!"

아까부터 황당해 하고 있던 아고닉은 잠시 망설였다. 이 무슨 뚱딴지같은 소리인가. 두들겨 맞은 놈이 잡혀가는 자신에게 욕지거리라도 할 심사인가. 아님 궁지에 몰린 상관을 구제하기 위해 술수를 쓰는 것인가.

'빌어먹을!'

아고닉이 시답잖은 고민에 빠져있는 자신이 한심스러웠던지 귀찮다는 듯 말했다.

"말해!"

그러자 대원의 말이 유수처럼 흐르기 시작했다.

"시락톨의 경비대장이 우리 도니락의 정체를 어느 정도 알고 있었습니다. 제 눈을 보십시오. 두 눈이 콧등 쪽으로 모아져 있습니다. 우리 종족의 눈들이 거의 비정상이지 않습니까? 그래서 섬의 경비 대장 놈이 어디서 정보를 입수했는지, 그걸 알고 먼저 공격을 해왔던 것입니다. 이렇게 예상치 못한 탓에 사태가 악화됐던 것입니다. 절반의

실패란, 그로 인해 우리들의 다른 실체를 그들에게 드러낸 것과 전사들을 다수 잃어버린 것입니다. 그리고 절반의 성공은, 그들이 우리 종족을 분별할 수 있는 것을 이 시점에서 알아내었다는 것입니다. 즉, 앞으로도 멋모르고 당할 수 있다는 것을. 이상입니다, 아고닉 사령관님!”

대원의 말은 끝났지만, 그들은 석고처럼 굳어 있었다.

아고닉은 더욱 그러했다. 그렇게 누구도 말문을 열지 못할 때였다. 거대한 석주가 있는 쪽에서 묵직한 음성이 우렁우렁 들려왔다.

“거기 있는 사령관들은 다 이리로 들라. 그리고 대원도.”

라울의 목소리였다. 그 목소리에 다들 부동자세를 취하며 바짝 긴장했다.

“포박을 풀어줘라.”

“하지만 라울님, 기강 확립 차원에서 이번 기회에 엄히 다스려야 할 줄 압니다.”

퍼블이 난색을 표하자 라울이 진노하였다.

“감히 나의 명에 토를 달다니, 너부터 엄벌을 받아야겠구나!”

화들짝 놀란 퍼블이 부하들에게 일렀다.

“뭣들 하느냐! 라울님 명을 당장 따르지 않고!”

그렇게 해서 풀려난 아고닉이 몽골머리를 한번 쓰다듬곤 먼저 앞장섰다.

그들 모두가 거북바위가 있는 본부석을 지나고 임상부가 자리 잡은 곳을 지날 때였다. 거기에는 인간들 생체 실험실 몇 군데와 안구를 전문으로 다루는 육각실이 하나 있었는데 불쑥, 아고닉이 그 안구 실험실을 들렀다.

실험실에는 대원들이 침대에 줄줄이 누워 있었다. 그리고 그 아래로는 인간들 안구가 든 케이스들이 여러 군데 놓여 있었다. 임상부 대원들은 그 안구들의 각막으로 침대에 누운 대원들에게 주먹구구식으로 이식하고 있는 중이었다.

캄캄한 심해에서 생활하였던 까닭으로 각막이 퇴화돼버린 그들이었다. 빛은 얇은 특수막인 각막을 통해 눈 안으로 굴절하여 들어가 망막에 사물이 맺히게 되는 것이다. 따라서 눈 깊숙한 곳에 안구가 있긴 하나 안구 표면을 덮고 있는 각막이 없는 그들이었다. 그러므로 육지의 빛을 보기 위해서는 각막 이식이 절대적으로 필요한 과업이었다.

"이렇게들 수술을 해대면서도 제대로 된 눈깔 하나 못 만들어!"

아고닉이 실험실을 나오면서 푸시양 들으라고 큰 소리로 비아냥거렸다. 사실, 아고닉은 도대체 임상부가 무슨 작당을 하고 있는지 애초부터 궁금해온 터였다. 그깟 눈알 하나 때문에 모든 게 지체되고 있는 상황에 늘 불만을 가졌던 것이다.

하지만 아고닉의 그런 힐난은 푸시양의 야성을 자극하고 말았다.

"아고닉, 시건방 떨지 마! 그러다 너도 해부당할 수 있어!"

"뭐이!"

다혈질의 아고닉이 주먹을 쥔 채 푸시양을 향해 돌진하였다.

얼른 안경을 벗은 푸시양이 눈에서 빛을 뿌렸다.

"엉~!"

아고닉이 삼각뿔 모양의 빛 무리에 갇혀버렸다.

일이 더 악화될 수 있는 상황이었다. 만약 아고닉이 변신을 하여 난동이라도 부린다면 그때는 걷잡을 수 없는 상황이 초래되는 것이다.

퍼블은 이 기회에 푸시양과 공조하여 저 망아지를 아작 내고 싶었다. 때가 문제였다. 지금은 불미스런 일 때문에 라울의 호출을 받고 가는 중이었다.

"푸시양, 빛을 거둬! 라울님이 관찰하고 계신다!"

푸시양이 바로 삼각뿔을 소멸시키며 다시 안경을 썼다. 그로써 수월하게 풀려난 아고닉도 더 이상 돌출행동을 하지 않았다. 하지만

다소 우호적으로 생각했던 푸시양도 이제는 제거 대상으로 인식하
게 됐다.

하마터면 또 소동을 낼 뻔했던 그들은 거대한 석주가 있는 곳에 닿
았다. 그곳은 친위부가 진을 치고 있는 곳이었고, 라울이 있는 곳으
로 통하는 마지막 관문이기도 했다.

"라울님, 뵙고자 합니다."

"들라."

라울의 대답이 있자, 퍼블이 먼저 앞장서서 성전으로 들어섰다. 성
전은 여직 퍼블 외에 출입금지였던 곳이었다.

퍼블을 뒤따르던 아고닉의 입가에는 까닭모를 미소가 걸렸다. 심
해에서의 생산자 모습은 봤으나, 섬의 동굴에서의 생산자 실체는 처
음 접하는 그였다.

성전의 내부는 들어서면 들어설수록 음침했다.

천장에는 수많은 종유석들이 매달려 있었다. 바닥은 굽이쳐 흐른
용암 흔적을 나타내는 주름들이 겹겹이 잡혀 있었는데, 바다와 직결
되는 매우 큰 웅덩이도 보였다.

생산자의 위치와 가까워질 때였다. 휘파람 소리가 들리더니 황금
박쥐 떼들이 그들 머리꼭지까지 몰려들다가 이내 사라졌는데, 그 수

는 이루 헤아릴 수 없었다.

그들이 큼지막한 돔형 유리관 앞에 다다랐을 때였다. 조금 전 그 황금박쥐 떼들이 유리관 위쪽 천장에 거꾸로 매달린 채 빽빽이 붙어 있었다. 그러면서 하나같이 코를 통해 초음파를 발산하며 경계심을 늦추지 않고 있는 그들이었다.

"환영치곤 기분이 더럽군. 보아 하니, 저 박쥐 놈들도 눈깔들이 다 병신들이군."

아고닉이 투덜거리고 있을 때 돔형 유리관 뚜껑이 스르르 열렸다. 그러더니 온통 푸른 색채를 지닌 웅장한 물체가 올라오고 있었다.

"아니, 저건 돌하르방이잖아!"

대뜸 아고닉이 소리쳤다. 생산자에 대한 환상이 산산조각 나버린 그였다.

그레쉬와 푸시양도 너무 의외라는 듯 놀라는 눈치였다.

"쉿! 라울님이시다. 빨리 경의를 표하라."

퍼블이 오른손을 가슴에 척 갖다 붙이며 경의를 표했다. 그러자 아고닉도 일단 그렇게 경의를 표하며 추이를 지켜봤다.

"아고닉?"

푸른 라울이 걸어 나오면서 아고닉을 부드럽게 불렀다. 아고닉은 그 소리가 마치 주인이 개를 부르는 듯한 소리로 들려왔다. 그 때문에 왠지 초라해지는 자신을 느꼈다.

'내가 왜 개처럼 굴어야 해!'

아고닉은 대답하지 않으면서 몽골머리를 매만지며 라울의 신경을 자극시켰다. 라울은 그런 아고닉의 마음을 꿰뚫고 있었다.

"이놈, 나에게까지 도도하다니!"

푸른 양손이 대패랭이 모자 위를 향해 천천히 올라갔다. 그에 따라 몽골머리에서 손을 떼지 않고 있던 아고닉이 서서히 공중 부양되고 있었다.

"어, 어……."

그것을 보고 있던 푸시양과 그레쉬는 라울의 초능력에 숨죽이며 감탄하고 있었다. 퍼블은 벌써 알고 있었던 초능력 중의 하나였기 때문에 별다른 반응은 보이지 않았다. 다만, 겁도 없이 불경을 저질러 버린 아고닉은 이제 끝장났다고 생각하며 앓던 이가 쏙 빠지는 기분이었다.

라울이 이번에는 구슬을 다루듯 두 손으로 원을 그리기 시작했다. 아고닉은 라울의 시시한 능력에 냉소를 보냈다. 그 냉소에 답이라도 하듯, 아고닉이 빙빙 돌아 가더니 원심력이 급속하게 커지고 있었다.

아고닉의 얼굴이 점점 일그러져 갔다. 고통 또한 한꺼번에 몰려오고 있었다. 뇌손상의 위협을 느낀 아고닉이 변신을 시도했으나 온몸이 으스러지는 고통만 파고들 뿐이었다.

영혼이 원심력 밖으로 튕겨 나갈 즈음이었다.

"도니락 종족은 모두 나의 분신들이다. 하지만 아고닉 넌, 내가 특별히 능력을 주어 탄생시킨 유일한 자식과 다름없다. 그런데 감히 나를 능멸하다니!"

"라울님~! 정녕 몰랐습니다~! 자비를 베풀어 주십시오~!"

꼬리를 내릴 수밖에 없었던 아고닉의 음성이 동굴 속에 울려퍼지고 있었다.

제주 관덕정 거리

녹구슬의 진실

섬의 마을 곳곳에 붙은 포고문으로 인해 섬이 술렁거렸다.

"섬 주민들께 알려 드립니다. 지금 우리 섬에 이유 모를 눈병이 급속히 퍼지고 있습니다. 이 눈병을 조기에 치료하지 않으면 실명을 하거나, 심지어 사망에 이를 수도 있습니다. 이에 본토에서는 우리 섬을 눈병 재해지역으로 선포하였습니다. 따라서 미리내에서는 다음과 같이 행정명령을 내리는 바, 섬 주민 여러분들께서는 남녀노소 한 분도 빠짐없이 아래와 같이 집결하여 진단과 치료를 받으시기 바랍니다. 만약 불참 시에는 신분상의 어떤 불이익도 감수하여야 할 것입니다."

행정명령이란 게 이러했다.

첫째, 주민들을 강제 소환하여 정해진 시각과 장소에서 검역을 한다는 것이다.

둘째로, 심각한 상태에 있는 환자는 완치될 때까지 격리 수용하여 치료한다는 내용이었다.

셋째로, 발병의 원인이 산간지대의 야생동물로부터 온 것이라 사료되니, 산간지대에 거주하는 사람들은 모두 정해진 기간까지 해안지대로 퇴거하라는 통첩이었다.

넷째, 앞으로 섬의 기관 명칭을 미리내로 정한다고 했다.

미리는 우리 고어에서 '미르' 라는 용을 뜻하는 말이고 '내' 는 시내를 뜻하는 말이니, 미리내는 '용이 사는 시내' 를 의미한다고 했다. 따라서 은하수는 용이 승천하여 지내는 개울과 같으니, 섬 또한 그런 우주적인 기상을 갖기 위함이라고 했다.

포고문을 바라본 섬사람들은 그 미리내의 처사를 도무지 이해할 수 없었다. 물 좋고 공기 맑은 이 청정 지역에 눈병이 돌고 있다는 것부터 납득이 가지 않았다.

그리고 설령 그렇다 하더라도 그간 방역 조치 한번 취하지 않은 그 미리내가 어떻게 이런 야속한 행정을 펴는지 의문들이었다. 게다가 산간지대를 빌미로 섬의 다른 지역 사람들까지 강제하는 막무가내

식의 정책은 행정의 도를 넘은 횡포라고 여기고들 있었다.

"파란 눈알 외국인 땜에 그런 기야."

"산간 사람들을 왜 해안으로 끌어들여! 산간지대를 출입 통제시키면 되지 마슴."

"군수들이 예전과 달라졌구마. 요즘엔 아예 섬을 망치려고 작정한 것 같으이."

여기저기서 섬사람들의 불만과 볼멘소리가 봇물처럼 터져 나왔다. 섬은 그렇듯, 그 포고문으로 인하여, 흉흉한 민심이 눈병보다 더한 전염으로 퍼져나가고 있었다. 그러다가 어느 시점에 이르러서 한 가닥으로 모아지는 듯했다.

"거 이상하구마. 대체 누가 눈병에 걸렸단 말일씨!"

"뭐여, 이거. 산간 사람들 눈만 멀쩡하던디……."

"수상혀, 아무래도 이 미리내가 뭘 속이고 있는 것 같은디……."

사람들이 모이는 장소에서 이 같은 말들이 무성해지고 있었다. 그리고 이 문제 제기는 시간이 흐를수록 섬의 공감대로 형성되면서, 곧 지식인들을 주축으로 미리내에 해명 자료를 요구하는 지경에까지 이르고 말았다.

처음에는 대수롭지 않게 여기고 미온적으로 대처하던 미리내였다.

그런데 사태가 불리한 쪽으로 전개되고, 그것은 내칠 수 없는 압박으로 다가오자, 결국 미리내는 비상 대책회의를 서두를 수밖에 없었다.

"경비대장님, 군수님들, 그리고 여러 기관의 책임자 여러분들. 행정은 아이들의 소꿉놀이가 아닙니다. 있지도 않은 허위 사실을 유포시키고 교란시키는 짓을, 그것도 미리내에서 자행한다는 게 어디 말이나 될 법한 일입니까? 그래서 그게 안 통하면, 그럼 그만이지 뭐, 하는 식으로."

기관의 책임자들이 다 모인 자리에서 섬의 남쪽 군수가 이 일을 추진한 진영을 향해 날을 세웠다.

"그렇습니다. 지금 교사와 학생들마저 동요하고 있고, 산간 지방의 사람들은 봉기 직전입니다. 이번 건은, 누가 입안했는지 몰라도 행정 실책의 범주를 넘어선 엄연한 범죄행위입니다. 따라서 미리내에서는 즉시 주민들에게 사과 성명을 발표하는 것과 동시에 이 입안과 관련된 책임자와 관료들을 일벌백계하여야 합니다. 그래야 흐트러진 민심이 바로 설 수 있습니다."

섬의 교육을 책임지고 있는 교육장도 정면으로 각을 세웠다. 그러자 이를 바득바득 갈고 있던 북쪽 군수인 백쉬르가 탁자를 힘껏 내리쳤다.

"같이 발을 담그곤 이제 와서 발뺌해! 야, 너희 둘! 쥐도 새도 모르게 골로 갈 수 있어!"

안하무인격인 발언이었다. 백쉬르 탓에 회의장이 두 파로 쫙 갈라지면서 서로 간의 고성이 솟구쳤다. 그런 가운데 잠시 회의장 밖으로 나갔던 경비대장이 소년과 처녀를 데리고 다시 들어왔다.

"조용히들 해!"

경비대장도 안하무인격이었다. 울프였다. 본토에서 성주들 회의 때 노파로부터 일격을 당해 치명타를 입었으나, 도청으로 되돌아온 대성주가 그의 가슴의 독을 제거해줌으로써 간신히 회생할 수 있었던 그였다.

"자, 이래도 아니라고들 우길 건가!"

경비대장이 강단 있게 소리치곤 소년과 처녀를 앞세웠다. 어지러웠던 시선들이 금세 남루한 차림의 그 두 사람에게 쏠렸다.

양쪽 눈알이 뻘건 소년이 길쭉한 타원형의 테이블 옆쪽으로 먼저 나갔다. 처녀는 흰색 지팡이를 짚으며 비척비척 그 뒤를 따라 나갔다. 이 뜻밖의 출현에 좌중들이 적잖이 당황해하며 그들을 유심히 훑고 있었다.

"유행성 각막염에 걸렸던 이 비바리는 치료시기를 놓쳐 이렇게 장님이 됐다. 이 꼬마는 각막염이 진행 중인데 격리 장소에서 현재 치료 중이다. 그리고 분명히 알아야 할 건, 그 어떠한 경우에도 본토의 명령과 지시를 절대 어겨선 안 된다."

말을 마친 경비대장이 상의제복 속에서 뭔가를 꺼내고 있었다.

그 사이 좌중들은 다시 술렁이면서 암울해 있는 소년과 처녀를 번갈아보며 한 마디씩 했다. 급조된 것인 줄도 모른다는 등, 관덕정이 있는 광장에서 이 두 사람을 공개하여 민심을 시급히 수습해야 한다는 등, 숱한 얘기가 난무했다. 하지만 다시 이어지는 경비대장의 개입으로, 그것은 곧 차단되고 말았다.

"이것은 본토에서 긴급 전송된 통신문이다. 결론만 얘기하겠다. 본토의 명령과 지시를 어기는 자는 지휘고하를 막론하고 경비대장의 직권으로 총살해도 좋다는 것이다."

"아니, 뭐요! 전시체제도 아닌데 그런 미친 짓이 어디 있단 말이오. 지금 제 정신들이오!"

순간적으로 분개한 교육장이 일어서며 외쳤다. 이에 동조한 좌중들도 들썩였다. 그때였다.

"탕~!"

한발의 총성이 울리더니, 교육장이 그 자리에서 고꾸라졌다. 사람

들이 허옇게 질린 채 총을 쏜 경비대장을 바라볼 때였다. 총 소리에 놀라 눈을 번쩍 뜬 처녀가 소년과 함께 출입문 쪽으로 달아나고 있었다.

"탕~!"

또 한발의 총성이 울렸다. 처녀가 비틀거리면서 앞으로 푹 고꾸라졌다. 소년은 쓰러진 처녀 쪽을 돌아보며 주춤하는가 싶더니, 바로 그 길로 출입문 쪽으로 달려 나갔다.

실내는 더 이상의 동요 없이 공포의 침묵만 흐를 뿐이었다.

그 일이 있은 후 며칠 지나서였다. 섬이 발칵 뒤집혀졌다. 탈출한 소년이 퍼트린 미리내의 만행이 섬사람들에게 알려지면서 그들의 분노가 들불처럼 번졌기 때문이었다. 그간 미리내에 우호적이었던 주민들마저 이번 일을 계기로 싸늘해졌다. 그리고 끝까지 미리내를 신뢰하고 있었던 주민들은 소년의 뻘건 눈이 어떤 이물질을 억지로 집어넣어서 그렇게 된 걸 알고 나서야 미리내에 침을 뱉었다.

미리내가 포고한 검역 시일을 며칠 앞둔 시점이었다. 미리내는 그러나 등을 돌린 주민들의 동태는 전혀 고려하지 않고 예정대로 검역을 실시하겠다는 통보를 했다. 또 한 술 더 떠, 만약 해안지대로 이주하지 않는다면 집을 강제철거 시키겠다는 초강경수를 내놓았다.

그에 참다못한 중산간지대의 뜻있는 사람들이 한 날 한 곳에 모였다. 그런 그들은 나무나 풀에 내린 허연 서리라는 뜻의 '상고대'란 이름을 지은 후 밤새 토론을 벌였다. 그 끝에 반미리내 시위를 주도키로 결론을 내렸다. 그리고 이틀 후였다. 그들은 의기에 찬 지식인과, 교사, 그리고 여러 단체와 결성하며 본격적인 반미리내 시위를 앞두고 있었다.

중산간지대 곳곳의 주민들이 새벽부터 길을 나섰다. 이 마을 저 마을 주민들이 무리지어 총총걸음으로 해안지대로 내려가는데 마루보도 섞여 있었다. 하륵을 탄 마루보는 며칠째 외박한 훈장의 귀가 길과 혹시라도 마주칠까봐 외진 길로 하산하고 있는 중이었다.

진작 시위 정보를 입수하고 있었던 경비대는 어젯밤 상고대와 일단 협상을 벌여 검역을 전격 취소키로 합의해줬다. 또 오늘 10시로 예정된 민중 가두시위는 허락하지 않되, 제한된 곳에서의 군중시위는 묵인하기로 결정해 놓고 있었다.

"이런 온건책을 지시하면 언제 도니락을 색출할 수 있겠습니까, 울

프 성주님?"

아침 일찍 경비대장실을 찾아왔던 백쉬르가 울프에게 물었다. 창가의 햇살을 받으며 한라산 쪽을 응시하고 있던 울프가 반문하였다.

"내가 그때 왜 소년이 도망가도록 놔뒀을까?"

"글쎄요. 저도 그게 의문이었는데……."

"그럼, 오늘 시위에 도니락이 참여하겠나?"

"태양이 있지 않습니까?"

"그래. 하지만 시위 음모 때와 어젯밤 협상에서는 그들이 참석했단 말이야."

"아, 그럼 지금 전략적으로 움직이는 겁니까?"

"그래. 어차피 도니락을 색출해내려고 한 일인데, 애초의 전략보다 더 수월히 진행되고 있는 셈이지."

그랬다. 울프는 검역기간을 빌미로 산간지대 주민을 해안으로 끌어내려 섬 전체에 야간 통행 명령을 내리려 했다. 그렇게 되면 자연히 입지가 좁아진 도니락이 스스로 물러날 수도 있었다. 그런데 뜻밖의 변수가 생겨난 것이다. 그것은 도니락은 물론이고, 도니락에 동화된 섬 주민까지도 처리할 수 있는 호기였다.

"시위를 마치면 주동자들을 따로 불러들여. 그럼 대기하고 있는 우리 성주들이 그놈들과 교체될 테니. 그러면 곧 야간에 활동하는 도니락 종들을 알게 되겠지. 이제 알겠남?”

“역시, 울프 성주님이십니다! 그런 전략을 다 생각해 내시다니! 근데 한 가지 궁금한 게 있습니다.”

백쉬르가 매부리코를 만지며 말했다.

“말해 봐.”

“예. 도니락이 섬에 출현했다는 걸 대체 어떻게 알았습니까? 그리고 그 구별법은 또 어떻게…….”

“처음의 질문은 극비다. 두 번째 질문은 대답할 수 있다. 도니락은 영원히 제대로 된 인간의 눈을 가질 수 없다. 단, 개체 홀로 변신 가능한 놈은 예외다. 추측컨대, 그들의 우두머리와 두세 놈 정도일 것이다. 이제 됐나?”

“예, 울프 성주님.”

백쉬르는 늘 이런 따위 식의 정보만 주는 울프가 아니꼬웠지만 우렁차게 답했다.

“좋아. 그럼, 본토에서 지원된 경비 병력을 시위 현장과 거리 곳곳에 확실히 배치해. 나가 봐.”

말을 끝낸 울프가 하얀 모자를 책상 위에 놓자, 그의 지시를 받은

백쉬르는 서둘러 그곳을 나왔다. 그러고는 곧장 병력을 이끌고 시위 현장으로 내달았다.

오전 10시가 넘어서자 시위 현장에서는 산간지대 상고대 회장의 요구 성명이 발표되고 있었다. 민주적이고 투명한 행정을 펼칠 것과 이번 사태의 책임자들을 파면, 구속할 것, 그리고 섬 자치 특별법을 제정하여 본토의 영향력을 최소화 할 것 등을 미리내에 하나하나 요구했다. 사람들로 북새통을 이룬 시위 현장은 그때마다 열렬한 지지를 보내며 "옳소!"를 연신 외쳐댔다. 이어 나온 여러 단체 대표들도 무능한 미리내의 정책과 행정을 신랄하게 비판하며 군중의 뜨거운 호응을 받았다.

그날 오후 1시 무렵, 그로써 평화적 시위는 끝났다. 그런데 집회 후 미리내의 반대에도 불구하고 가두시위가 시작됐다. 열광의 도가니에 한참 달궈졌던 군중이 그 열기를 식히지 못하고 거리로 나온 까닭이었다.

시위 행렬은 두 갈래로 나눠졌다. 한 행렬은 관덕정 광장을 거쳐 서문통으로, 다른 행렬은 북신작로를 거쳐 동문통으로 이어졌다.

그런데 관덕정의 시위 행렬이 막 광장을 벗어날 때였다. 그 근처의 경비를 마친 기마 경관이 관덕정 옆의 경비서로 가기 위해 커브를 도는 순간이었다. 하얀 건물 옆쪽에 있던 한 꼬마가 갑자기 튀어나오는 바람에 말굽에 채이면서 벌러덩 나뒹굴어졌다.

그 경관은 그러나 신음하는 그 꼬마를 돌보지 않고 그대로 말을 몰아버렸다. 그것을 목격한 군중이 야유를 보내며 경관을 쫓았다. 그러자 당황한 경관이 더욱 급히 경비서로 향했다. 그리고 잠시 후였다.

"탕, 탕, 탕, 탕……."

관덕정 앞의 경관들이 쫓아오는 군중을 향해 발포했다. 그들이 경비서를 습격하는 걸로 착각했던 것이다. 이 발포로 젖먹이를 안고 있던 20대 아낙을 비롯해 여러 명이 희생됐고, 총상을 입은 자도 제법 있었다.

희생자 가운데 광장 복판에 쓰러진 사람은 없었다. 그들 대부분은 은행 앞이나 노상이나 병원의 길가에 쓰러졌는데, 그 후 군병원의 검안 결과, 희생자 중 한 명을 제외하곤 모두 등 뒤에서 총탄을 맞은 것으로 드러났다.

"얼치기 같은 놈들, 무슨 일을 그 따위로 해!"

뒤늦게 관덕정 사건의 보고를 받은 백쉬르가 집무실의 책상을 내리쳤다. 일이 더럽게 뒤틀린 것 같았다. 울프의 불호령이 떨어질 것이 분명했다.

백쉬르는 매부리코를 만지며 망설이다가 각오를 하고 울프에게 전화 다이얼을 돌렸다. 그런데 울프의 반응은 의외였다.

"섬놈들이 가두 시위하면서 협상을 먼저 어긴 것이다. 그 배후엔 분명히 도니락이 있을 테고. 따라서 협상결렬의 응당한 책임은 섬놈들이 져야 한다. 오늘부터 전 지역 통행금지다. 시간은 오후 여섯 시부터 익일 오전 일곱 시까지다. 관덕정 광장에서의 발포는 치안유지에 입각한 정당방위였음을 골자로 하는 보도 성명을 통행금지령과 함께 내도록 하라. 그리고 그후 시위 주동자들을 잡아들여라!"

"알겠습니다, 울프 성주님!"

수화기를 내려놓은 백쉬르는 문책을 받지 않아 안도의 한숨을 내쉬었다.

'빌어먹을, 통행금지령까지 내리는 판에 콱 밀어붙이면 그만이지. 무슨 놈의 보도 성명까지…….'

백쉬르가 손빗으로 금발을 뒤로 젖히며 구시렁거리더니 이내 의자에 앉아 펜을 잉크병에 찍곤 보도 성명을 부지런히 써내려갔다.

한편, 마루보는 많은 인파로 인해 하릉을 타고 시위장에 갈 수 없었다. 그래서 이왕 하산한 길이라 말머리를 돌려 오누이가 있는 애월로 갔다.

해변 길가에는 몇 개의 돌덩어리를 넣고 틈새에 우무가사리를 끼운 망이 일정한 간격으로 놓여 있었다. 이것은 '우미씨 뿌림'이라는 해녀들의 공동작업 때 바다에 뿌려지는데, 해산물의 좋은 터전을 조성해주는 역할을 하고 있었다.

마을 길가에는 수확된 쪽파들이 담긴 멍석들이 여기 저기 널브러져 있었다. 숙부 집으로 가기 위해 마루보가 그 길가를 지나갈 때였다. 때마침 쪽파를 다듬고 있는 대상군이 보였다.

"안녕하세요, 대상군님?"

하릉에서 내린 마루보가 뛰어가 인사를 했다.

"오, 마루보구나."

쪼그려 앉아 있던 대상군이 일어서며 반겼다.

"대상군님은 시위장에 안 나가셨네요?"

그러자 대상군이 다짜고짜 마루보의 손을 끌고 구석진 곳으로 갔다.

"안 그래도 너에게 몇 가지 물어볼 게 있었다."

“서찰요?”

마루보가 퍼뜩 물었다. 그러자 대상군이 머리에 쓰고 있던 수건을 벗으며 말했다.

“금방 알아채는 걸 보니 너도 꽤나 신경을 쓰고 있었나 보구나. 그래 서찰에 관계된 일이다. 니가 열 살 때 고기잡이 나간 너의 부모가 이어도 암초를 만나 돌아가신 걸로 알고 있다. 그때 백부 부부, 숙부 부부, 마을 선원들도 함께 승선했었다고 들었다. 그런데 생존자는 너의 백부와 숙부 단 둘, 뭔가 좀 이상하지 않느냐?”

“글쎄요, 저는 잘…….”

더벅머리를 긁적이며 난감해 하는 마루보를 보며 대상군이 말을 이었다.

“일전에 서찰을 보고 내가 너의 할아버지와 숙부가 수상하다고 말한 적이 있을 거다. 그래서 내가 얼마 전에 너의 숙부를 시험한 적이 있다. 제주도 토박이말로 말을 걸어 얼마나 알아듣는지 반응을 보았다. 근데 전혀 못 알아듣고 자꾸 되묻기만 했다. 전의 숙부는 안 그랬다. 왜? 제주도 토박이 사람이 맞으니까.”

“그럼 지금 숙부는 다른 사람이란 말입니까?”

머리가 쭈뼛 선 마루보가 물었다.

“그렇다. 너의 백부도 그럴 줄 모른다. 그리고 너의 할아버지는 그때 배에 타지 않아 공통점은 없지만, 서찰로 보아선 같이 연결돼 있는 게 분명한 것 같은데, 혹시 그간 할아버지의 수상한 점은 없었냐?”

“예.”

마루보가 머리를 가로저었다.

“음, 그래. 오늘 할아버지께선 시위장에 가셨느냐?”

“잘 모르겠습니다. 며칠째 들어오지 않았습니다.”

대상군이 고개를 끄덕이며 시름에 잠기는 듯했다.

썰물 때를 기다린 해녀들이 하나, 둘 테왁과 망사리를 지고 마을에서 나올 때였다. 그때 대상군이 마루보에게 넌지시 일렀다.

“한 가지 명심해라. 이제부터 오누이를 빼고 너의 친척들 모두 믿지 말거라. 뭔가 음모가 있다. 평온하던 섬에 갑자기 불미스러운 일이 일어나는 것도 이와 관련이 있을 게다. 아무튼 이따 서찰 내용을 일러주마. 오누이에게는 물질을 쉬라고 이를 테니, 집에서 나오거든 같이 지내고 있거라.”

“예. 대상군님.”

대상군은 그 길로 물질 도구를 챙기러 마을 입구로 갔다.

피하고 싶었던 이야기를 다시 듣게 되었던 마루보는 가슴이 아렸

다. 가뜩이나 외로운 그였다. 그런 그에게 할아버지마저 의지할 수 없게 된다면 그건 가혹한 형벌이었다.

'뭔가 있긴 있는 것일까!'

성산 일출봉의 일도 그러거니와 구슬들의 신비도 그러했다. 이것 역시 더 이상 가슴 한 구석에 품고 있을 수만은 없는 문제였다.

혼란스러워진 마루보는 길가의 돌턱에 걸터앉아 오누이를 기다렸다.

마을은 가로수로 심어놓은 구실잣밤나무들의 꽃향기로 가득 차 있었다. 섬사람들에겐 익숙한 향기였다. 해풍의 영향과 상관없이 섬 어디서나 자생하고 있으면서 오월이면 특유의 꽃향기를 터뜨렸다. 그런데 섬사람들은 이 꽃향기를 묘약이라고 여겼다. 사람을 더욱 그립게 하고, 남녀에게 애틋한 마음을 지니게 해주는 그런 묘약이라고.

마루보가 그 꽃향기에 젖어 부모의 추억을 잠시 떠올리고 있을 즈음이었다.

마을 입구에서 오누이가 나오고 있었다. 대상군의 말을 들었는지 물질 차림이 아닌 갈옷 차림이었다.

"으응!"

마루보가 일순 당황하고 있었다. 오누이 뒤를 따라 나오는 숙부와 백부, 그리고 훈장이 보인 것이다.

"할아버지가 집을 자주 비우니 심심해서 여기까지 온 거로구나."

"예, 숙부님."

왠지 모르게 긴장한 마루보가 숙부께 깍듯이 인사를 올렸다.

"그래, 그간 불편함 없이 잘 지냈느냐?"

"예, 할아버님."

"오늘 같은 날은 집밖 출입은 하지 않는 게 좋은데……. 나중에 무슨 일이 있을지 모르니, 해 떨어지기 전에 집에 당도하도록 해라."

"예, 할아버님."

"그래. 난 숙부와 읍에 나가 시위가 어떻게 됐나 알아본 후 밤에나 집으로 돌아갈 게다. 그렇게 알거라."

"예, 할아버님. 다녀오십시오, 전 조금 이따 돌아가겠습니다."

그러자 그들이 흡족해 하며 자리를 벗어났다. 그리고 그제야 오누이와의 해후가 이뤄지며 반갑게들 인사를 나누고 있을 때였다. 저만치에서 하륵의 등을 쓰다듬으며 그들끼리 수군대고 있는 모습이 마루보 시야에 잡혔다. 오등리 집에서도 야밤에 훈장이 하륵과 한동안 있는 것을 수차례 본 적이 있었던 터였다.

'왜 자꾸 하륵과…….'

전에 같으면 고개만 갸우뚱하고 넘길 부분이었다. 그러나 대상군이 한 차례 더 찔러 준 얘기 탓에 시나브로 예민해져 있는 마루보였다.

"세르미 너, 지금 구슬 있니?"

"응, 근데 왜?"

이마에 짧게 내려온 머리칼을 만지고 있던 세르미가 갈옷 주머니를 뒤졌다.

"그럼, 내가 구슬을 던지라고 할 때 저 세 사람을 향해 던져."

오누이와 같이 해변을 걷던 마루보가 다급히 말했다.

"지금 장난치려는 거지, 형."

태울이 짓궂게 마루보 얼굴에 까까머리를 들이댔다.

"아냐, 조금 있어 봐. 세르미, 알지? 그때처럼 던지는 거."

"응."

둥근 얼굴을 끄덕이며 짧게 대답한 세르미가 갈옷 주머니에서 구슬을 꺼냈다.

그들이 마을을 벗어나기 직전이었다.

"지금이야, 던져!"

마루보의 신호에 맞춰 "하르방~!" 하는 소리와 함께 녹구슬이 날아갔다.

　조금 후였다. 허공에 머물고 있는 녹구슬이 그들의 과거 장면을 창공에다 빠르게 노출시켜 나가고 있었다. 다들 숨죽인 채 그 장면마다에 휘둥그레진 눈망울들을 굴리며 화면을 쫓고 있었다. 그러다가 어느 시점에 이르러서였다.

　"오빠, 저건!"

　무슨 장면을 보았는지, 세르미가 마루보의 팔을 낚아챘다.

　"나도 보고 있어."

　"형, 나도."

　그들이 본 것은 이러했다. 해양생물의 한 무리가 사람들이 탄 배를 마구 뒤흔들어 난파시켜버리는 장면이었다. 그리고 그렇게 바다에 빠진 사람들이 허우적대며 살려달라고 외치는 장면이었다.

　창공의 화면은 계속해서 다음으로 빠르게 연결되고 있었다.

　"저건 비양도인데!"

　이번에는 태울이 마루보의 팔을 끌어당겼다.

　그랬다. 그 해양생물들이 사람들을 비양도로 이끌고 있었다. 그곳은 애월에서 서쪽으로 조금 떨어진 협재리 마을 쪽에 있는 섬이었다. 그리고 그 안에는 펄낭이라는 염습지가 있었다.

비양도가 가까워질수록 사람들을 큰 입에 물고 가던 해양생물들의 형상이 점차 변화하고 있었다. 양 쪽 등지느러미가 두 팔로 바뀌었다. 그리고 꼬리지느러미는 두 발로 바뀌더니 유선형이던 몸통도 점차 직립형으로 변모했다. 그렇게 변하면서 해변으로 나올 때는 얼굴을 제외하고 얼추 인간으로 변태된 그들이었다.

그들이 입에 물고 있었던 인간들을 바닥으로 툭 툭 떨어뜨렸다. 이어 각자가 인간들을 한 명씩 꿰차더니 괴이한 몰골의 입에서 누런 가스를 내뿜었다. 그러자 그들의 얼굴이 확 바뀌면서 완연한 인간의 모습을 드러냈다.

"어어, 저건 아버지야!"

세르미가 양손으로 단발머리를 짓누르며 경악했다. 그 뒤를 이어 줄줄이 나타나는 사람들마저 그들의 가족이었다. 그들의 얼굴은 사색으로 변해 있었다. 창공의 화면은 그러나 그런 그들과 아랑곳없이 계속해서 내보내고 있었다.

이번에는 오등리 마루보의 집이 나타나면서 훈장의 모습이 보였다.

훈장은 채소밭인 우영에서 고추를 가꾸고 있는 중이었다. 그런데 집 돌담을 기웃거리던 웬 사내가 불쑥 마당으로 들어오더니 바로 우영 쪽으로 갔다. 그러고는 인기척에 놀라 고개를 돌린 훈장의 얼굴에 바로 가스를 뿜었다. 조금 후였다. 훈장은 우영에 엎어져 있고, 그 사내는 이미 훈장으로 탈바꿈해버렸다

"안 돼～！"

다리가 후들후들 떨리고 있는 마루보가 소리쳤다.

"저 저것 봐, 형!"

가는 눈을 치켜 뜬 태울이 검지로 허공을 가리켰다. 허공에는 훈장이 훈장을 우영의 구덩이 속으로 매장하고 있는 장면이 흐르고 있었다.

'대상군의 말이 맞았어, 대상군의 말이……'

누군가를 업고 뭍으로 나오는 한 해녀를 가물가물 바라보며 마루보가 되뇌다가 실신하고 말았다. 저만치에 있는 하륵이 그런 마루보를 담담히 바라보고 있었다.

라울의 마력에 호되게 당했던 아고닉은 라울의 용서를 받고 다시 전투부로 돌아왔다. 섬의 상황이 긴박하게 돌아가는 것도 한몫을 했

지만, 라울이 자신의 분신을 그래도 아낀 탓이었다. 설령, 아고닉이 반란을 일으킨다하더라도, 그것은 한갓 불장난에 불과한 것으로 치부될 따름이었다. 그만큼 그의 능력은 위대했던 것이다.

라울에게 용서를 받았지만 며칠 동안 몽골머리를 만지작거리며 우울하게 지낸 아고닉이었다. 이번 일을 계기로 임상부보다 높은 서열을 라울에게 선사받았지만, 자신의 최종 야망에는 이미 금이 가버린 것이다. 그것을 몸소 체험했던 그는 극심한 열패감에 사로잡혀 있었다.

그러던 어느 날이었다.

아고닉이 뭔가를 결심한 듯 친위부를 제외한 모든 부대원들을 집결시켰다. 그러고는 비장한 어투로 시락톨과의 전쟁을 선포했다.

"이제 훈육부는 물론 임상부까지 우리 전투부의 통제권으로 들어왔다. 즉, 시락톨과의 전투에서 모든 지휘 통제권은 본 사령관이 가지게 됐다. 이제 정찰체제는 끝났다. 지금부터 시락톨과의 전투체제로 들어간다. 만약 내 지휘를 따르지 않는다면 대원은 물론이고 사령관도 바로 처단될 것이다."

아고닉의 말을 듣고 있던 그레쉬와 푸시양은 속이 뒤틀어졌다. 안 그래도 졸지에 동굴 서열 위치가 바뀌어 잔뜩 부아가 치민 상태였다.

하물며 부하 들 앞에서 또 오만방자한 소리까지 듣게 되는 그들로서는 도저히 묵과할 수 없는 문제였다.

먼저 아고닉 좌측에 서 있던 그레쉬가 발광을 하며 크게 반발했다.

"아고닉 사령관! 발언이 지나치오! 며칠 전까지만 해도 사령관은 내 밑이었소! 라울님의 지시에 서열 변동이 있었지만 상대방에 대한 예의는 지켜주시오. 그리고 전투는 사령관 혼자 나발분다고 되는 게 아니오!"

가만히 듣고 있던 아고닉이 자신의 뒤쪽에 있던 경호원들에게 손짓하였다. 그러자 그들이 그레쉬에게 달려들어 살구 빛 제복에 붙어 있는 계급장을 떼어버렸다.

그에 아고닉 우측에 서 있던 푸시양이 안경을 바닥에 내리꽂으며 항의했다.

"이게 뭐하는 짓거리야! 당장 그만두지 못해!"

그러나 그런 푸시양도 역시 그레쉬 짝이 나고 말았다. 푸시양 옆에 있던 정찰부 대머리 이츄는 바짝 얼어붙어 있어 그나마 무사할 수 있었다.

아고닉은 한 걸음 더 나아가 그 둘에게 종족 최대의 형벌을 내렸다.

"본관은 분명히 지금부터 전시체제라고 했다. 그리고 그 어떠한 불복종도 용납하지 않겠다고 했다. 이 두 녀석들은 임상실험 해부용으로 실험실에 던져질 것이다.

다들 좋은 본보기로 삼도록, 알겠나!"

"예!"

겁에 질린 모든 대원들이 우렁차게 대답했다.

그 상황을 멀찍이서 지켜보고 있던 퍼블이 분통을 터뜨리며 끙끙 앓았다. 당장이라도 아고닉의 멱을 따고 싶었다. 하지만 섣불리 그랬다간 수적으로도 열세에 놓인 자신마저 위태로웠다. 최종적으로 믿어볼 건, 그래서 그들을 구제할 방도는 라울 밖에 없었다. 그가 다 관찰하고 있을 것이므로. 그러나 두 사령관이 해부실로 끌려가며 살려 달라고 라울을 찾을 때였다. 퍼블의 기대와 다른 조치가 석주 안의 동굴 속에서 흘러나왔다.

"지금은 아고닉 사령관이 말한 것처럼 전시체제다. 그대로 집행하라. 그리고 사랑하는 대원들이여, 갈 길이 머니 속히 시락톨을 전멸시켜 섬을 장악하라. 혁혁한 공을 세우는 자는 아고닉 사령관처럼 초능력을 부여하리라."

동굴 전체에 그윽하게 울려 퍼지는 라울의 음성이었다. 그레쉬와 푸시양의 운명은 그로써 끝장난 셈이었다.

그 반면에 더욱 의기양양해진 아고닉이 경호원에게 또 손짓했다. 그러자 경호원들이 웬 사람들을 앞장세워 나왔다.

"봐라, 이 사람들은 안과 의사들이다. 이제 제군들은 이 사람들의 전문적인 시술법으로 정상적인 눈을 가질 수 있게 될 것이다."

그러자 살벌하였던 동굴 안이 갑자기 생기 넘쳐나며 탄성까지 터져 나왔다.

안과 의사들은 모두 열명 남짓했다. 아고닉이 우울한 날을 보내는 가운데서도 대원들을 급파해 납치해온 육지인들이었다. 그런 그들은 하나같이 초췌한 모습에다 공포까지 서린 얼굴들이었다.

"시간 없다. 지금 당장 시술에 들어가도록 해라."

아고닉의 명령이 떨어지자, 그들은 그 즉시 육각 실험실로 이송되었다. 그들의 뒷모습을 보며 아고닉이 혼잣말로 중얼거렸다.

'이제껏 변변한 안과 의사 하나 납치하지 않았다니…… 멍청한 놈들! 퍼블 너도 마찬가지지만…….'

전시체제로 들어간 대원들은 제2의 아고닉을 꿈꾸며 일사불란하게 움직여나갔다. 우선, 오늘밤부터 대거 투입될 대원들을 선발하는가 하면, 낮과 밤의 활동 지침을 익혔다. 그리고 이미 투입된 종족들

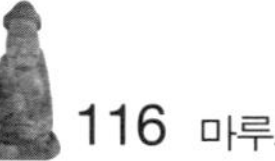

과의 접선을 통해 연대 전술을 펼쳐 세력을 확장한다는 계획도 면밀히 세웠다.

그런 일련의 움직임들은 전에부터 미리 설정된 전시체제 때의 대처라 그렇게 진행될 수 있었다. 다만 한 가지 달라진 게 있다면, 섬사람들을 전략적으로 이용하되, 우군이 아닌 측은 사정없이 처단한다는 점이었다.

"자, 전사들이여. 이제 출동하라!"

마침내 전시의 총체적인 그림이 완성되면서 아고닉이 선발 대원들에게 명령했다.

"옛, 아고닉 사령관님!"

한껏 전의가 오른 그들은 편대로 편성되어 동굴 밖으로 뿔뿔이 흩어졌다.

선발대를 보낸 아고닉은 새로 임명된 사령관들과 섬 지도를 보며 시락톨의 근거지를 추적해나갔다.

그럴 때, 섬에 심어뒀던 첩보원의 급보가 날아들었다. 경호대장이 먼저 그 급보를 받곤 아고닉에게 푸른 광채를 뿜었다.

"또 무엇이 잘못됐어!"

"섬 전역에 야간 통행금지령이 내려졌습니다."

"뭐이라! 야간 통행금지령이라고! 이런 썩을 놈들이 있나!"

"족쇄를 채우겠다는 뜻이 아닌지요?"

경호대장이 말을 아끼며 조심스럽게 물었다.

발끈하였던 아고닉이 몽골머리를 만지며 잠깐 생각에 잠겼다. 그러다가 문득 좋은 발상이 떠올랐는지 그 길로 바로 퍼블을 찾아갔다. 그러고는 시락톨 측의 통행금지령에 대한 전략을 간략히 설명하며 라울과의 단독 알현을 신청했다. 그러나 퍼블은 단호히 했다.

"허락할 수 없다. 황금박쥐는 우리 종족 최후의 방위다. 황금박쥐를 풀다니, 있을 수 없는 전술이다. 좀 더 고민해 다른 전술을 수립토록 해라."

즉석에서 퇴짜를 맞은 아고닉은 퍼블에 대한 적개심으로 온몸이 들끓었다.

'이놈, 두고 보자. 니놈도 언젠가 해부실로 들어갈 것이다!'

아고닉이 이를 갈며 석주를 반환점으로 해서 돌아나올 때였다. 라울의 음성이 묵직히 들려왔다.

"아고닉 전술에 동의한다. 대신 실패하면 문책으론 끝나지 않겠다. 선택하라."

언중유골의 섬뜩한 말이었다. 하지만 몽골머리를 한번 만진 아고

닉은 주저 없이 선택했다.

"황금박쥐를 제 통제권으로 예속시켜 주십시오, 반드시 섬을 장악하여 라울님께 바치겠습니다."

"좋다. 그리 하마."

듣고 있던 퍼블의 은빛 머리칼이 날로 섰다. 라울의 최종 방위 장치는 황금박쥐가 아니던가! 그래서 자신도 황금박쥐 아래에 놓여 있는 것이다. 그런데 그것을 선뜻 아고닉에게 넘기다니! 결코 수용할 수 없는 부당한 처사였다.

퍼블이 무릎을 꿇고 툭 튀어나온 눈으로 빛을 내며 라울에게 초강수를 뒀다.

"라울님, 분부를 거두어 주십시오, 아니면 저의 목숨을 거두십시오."

심복인 자신을 설마 내치지는 못할 것이란 것을 염두해둔 퍼블의 계산이었다. 그러나 라울의 선택은 다른 듯했다.

휘파람 소리가 들리는가 싶었다. 바로 황금박쥐 떼들이 파드득거리며 퍼블에게 날아들었다. 그러고는 그 덩치 큰 퍼블을 바로 공중 부양한 채 어디론가 사라져버렸다.

그로써 아고닉은 친위부 마저 수중에 넣으면서 도니락의 제 2인자로 등극하게 됐 다. 결국 급보의 악재가 아고닉의 위상을 올려놓는 호재로 작용된 셈이었다.

아고닉이 쾌재를 부르며 다시 전투부 구역으로 돌아왔을 때였다. 또 하나의 급보가 그에게 전해졌다. 이번에는 붉은 광채였다.

"대상군이 바다에서 피살됐습니다."

"오, 그래. 잘됐어."

아고닉이 그가 대원을 보내 도니락의 정체를 어렴풋이 알고 있는 대상군을 제거한 것이다.

"시락톨의 자르몽 녀석, 쓸 만하군, 안 그래?"

아고닉이 이층 난간에서 아래를 내려다보며 경호대장에게 물었다.

"그래도 방심은 금물입니다. 전에 본토 회의장에서 우리 측이 노출된 것을 생각해보면 아무래도 놈이 좀 걸립니다. 한 번 배신한 놈은 또 배신할 여지가 있으니 항상 경계해 두심이 옳을 듯합니다."

"그런가, 크하하하하~ ."

배신이란 말에 짐짓 뜨끔했던 아고닉이 호탕한 웃음으로 때워버렸다.

"암튼 내게 다 생각이 있다. 자, 이제 친위부 쪽으로 부하들을 이동 시켜라."

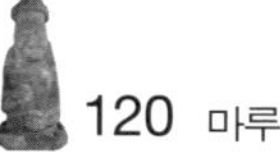

그래놓고, 난간에서 훌쩍 뛰어내린 아고닉이 먼저 석주 기둥 쪽으로 갔다. 이제 거칠 게 없는 그였다. 그런 위상을 확인이라도 하듯, 그가 친위부 권좌에 앉자마자 휘파람을 불렀다. 그러자 황금박쥐들이 쏜살같이 날아들며 아고닉의 주위를 빈틈없이 에워싸며 경계했다.

'이제 구슬만 내 손에 들어오면…….'

황금박쥐 무리 속에서 아고닉이 흥겨워하며 중얼거렸다.

제주도 중산간 지대

아고닉과 자르몽의 밀약

"앵~"

섬에는 매 시간마다 야간 통행금지를 알리는 사이렌이 울렸다. 산간지대라고 예외는 아니었다. 낮에는 육지에서 지원된 경관들이 상고대 간부들을 검속해나갔다.

그리고 저녁에는 무장한 경관들이 조를 편성해 산간일대를 돌며 검속해 나가고 있었다.

여기에 위기감을 느낀 도니락 종 몇몇이 상고대 대장 집으로 와 검속당하지 않은 간부들과 대책을 마련하고 있었다. 하지만 삼십 분이 넘도록 누구 하나 뾰족한 대책을 내놓지 못한 채 회의는 겉돌고 있는 중이었다. 그러다가 약간 사시 끼가 있는 한 사내가 그 미적지근한 분위기에 열기를 가했다.

"눈이 시리도록 아름다운 하늘 아래에서 일어났던 그 발포 사건은 분명 경비대의 과실이오."

그러자 곱슬머리 사내가 기다렸다는 듯 이어 받았다.

"말씀 잘하셨습니다. 그 총탄의 피해자는 시위 군중이 아니라 관람 군중이었습니다. 더군다나 그들 중에는 젖먹이를 안고 있었던 아낙도 포함돼 있었습니다. 따라서 이 사건을 묵과한다면, 그건 지식인들의 도리가 아니라 봅니다."

"휴~ 어렵군. 그럼 최 동지는 앞으로 상고대가 어떻게 대처해야 한다는 겁니까?"

한숨을 길게 토한 상고대 대장이 난감한 표정으로 곱슬머리에게 물었다.

"도민들은 지금 미리내에 대한 분노로 열병을 앓고 있습니다. 그런데 상고대가 미온적인 행동으로 민심을 제대로 얻기나 하겠습니까? 이번 기회에 미리내를 더욱 강경하게 몰아세워야죠. 즉, 먼저 총파업의 궐기를 촉구하는 문서를 각 단체들에 보냅시다. 그런 후, 뜻이 같은 단체들의 간부들과 투쟁위원회를 결성합시다."

이때 사시 사내가 바로 맞장구치면서 맹렬히 거들었다.

"최 동지 의견에 전적으로 동의하오. 어정쩡한 시위론 결코 미리내의 오만방자함을 해결할 수 없다는 것이 이번에 증명이 되었잖소. 그리고 적반하장 격으로, 야간 통행금지에다 상고대 간부들까지 검속해대는 미리내의 파렴치를 도민 전체의 궐기로 까부셔야 하오. 그래서 이로 인한 결과가 최악의 상황으로 닥친다면 무장 봉기도 고려해야 할 것이오."

"무장봉기까지나?"

벌컥 놀란 대장이 열댓 명의 좌중을 둘러보며 그들의 표정을 살폈다. 강경발언을 했던 두 명을 제외하곤 다들 굳어 있는 모습들이었다.

"다들 겁먹었소! 명색이 상고대 간부들이! 상고대가 더 이상 허수아비가 아니란 걸 미리내에게 확실히 보여줄 때란 말이오! 알겠소! 여기에 동의하지 않는다면 당장 상고대를 해체하시오! 아니면, 최 동지와 내가 탈퇴하겠소!"

흥분한 사시 사내의 발언은 아예 윽박지르는 수준이었다. 하지만 상고대에서 그의 영향력은 이미 상당하여 그 누구도 반론을 내놓지 못했다.

"최 동지, 나 좀 봅시다. 그리고 동지들은 빨리 협의해 결정을 내리시오.”

그래놓고, 사시 사내는 곱슬머리와 함께 휑하니 문밖으로 나갔다.

방안은 잠시 침묵이 흘렀다. 그러다가 대장이 조심스럽게 말문을 열었다.

“저분들 열정이 참 대단하군요. 하지만 동지들 뜻도 중요하니 솔직한 견해를 말씀해 주시죠.”

그러자 과묵하게만 있던 안경 낀 사내가 넌지시 운을 뗐다.

“미리내가 상황을 최악으로 몰고 간다면, 상고대가 최악의 대처는 못하더라도 차악의 대처는 해야 되지 않겠습니까?”

“양 동지, 최악의 대처는 뭐고, 차악의 대처는 또 뭐요?”

의아해 하는 좌중을 대변해 대장이 물었다.

“최악이란 미리내를 전복시켜 이참에 섬을 독립국가로 탄생시키는 것이고, 차악은 현재의 썩은 관료들을 몰아낸 후 자치도를 수립하는 것입니다. 물론, 전자의 경우는 본토와의 전쟁도 감수해야 할 것이고, 후자의 경우는 본토의 비준을 받아야 할 사항입니다.”

안경 낀 사내의 말에 좌중이 술렁였다. 조금 전 두 사람의 발언보다 더욱 강경했고, 그것은 혁명이었던 것이다.

좌중은 한층 무거워진 분위기에 또다시 부담스런 시간을 맞이했

다. 그 침묵의 시간은 안경 낀 사내가 슬쩍 자리를 비우고, 대장이 하나의 제안을 제시하기 전까지 계속됐다.

"좋습니다. 흐름이 강경 대응 쪽으로 흐르는 것 같은데, 제 생각은 이렇습니다. 우선 총파업으로 가닥을 잡읍시다. 그래서 미리내의 행태를 보고 그 후 대응 수위를 결정하는 게 어떻겠습니까?"

대장의 제안은 중도적이었다. 그 제안에 턱이 주걱 모양인 사내가 야릇한 미소를 지으며 한 마디 했다.

"동의합니다."

주걱턱 사내의 말에 곧 여기저기서 동의했다.

그렇게 호롱불 회의가 끝나고 다들 뿔뿔이 헤어질 때였다. 강경 발언했던 세 사내와 주걱턱인 사내가 한 무리가 되어 정낭을 나가고 있었다.

주걱턱 사내가 일행에게 묵직이 일렀다.

"됐어. 상고대가 우리들 계략에 완전히 말렸어. 하지만 앞으로 더욱 부추겨 시락톨의 전력을 최대로 소모시켜 나가야 된다."

"예"

그렇게 다진 그들은 야간 통행금지 탓에 서둘러 각자의 길로 흩어졌다.

야간 통행금지령은 일단 도니락에게 유리하게 작용했다. 섬사람들도 야간은 피해 일을 도모할 때 한 낮보다는 은밀한 저녁시간을 선택했다. 따라서 도니락은 낮에 활동하지 않는다는 의심의 눈초리 없이, 오히려 그들과 더욱 긴밀히 임무를 수행해 나갈 수 있었던 것이다.

한편, 마루보와 오누이는 중산간지대의 한 동굴 속에서 숨어 지내고 있었다. 그때의 충격에서 아직 벗어나지 못한 채 병든 짐승처럼 신음하고 있는 그들이었다.

그러니까 거슬러 오르면 이러했다.

훈장을 우영에 매장하던 장면을 보며 쓰러졌던 마루보는 정신이 들자마자 다시 충격을 받았다. 갑작스런 대상군의 죽음 때문이었다. 실신할 때 한 해녀의 등에 업힌 누군가를 희미하게 보긴 했는데 그 사람이 대상군일 줄! 그것도 차가운 시신이 돼버린 대상군일 줄 정녕으로 몰랐던 것이다.

한 해녀가 대상군의 죽음을 이렇게 들려줬다.

"다들 물속에서 빗창으로 전복을 따는 작업을 하고 있었지. 대상군

은 조금 더 깊숙이 들어가 바위틈에 있는 성게를 호멩이로 후벼 파내
며 채취하고 있었고. 근데 이날따라 다들 수확이 신통치 않았어. 원
래 중군 이상의 해녀들을 중심으로 배를 타고 난바르 바다로 나가게
돼 있었지만 조수가 안 좋아 근처에서 작업하게 된 건데 역시 조수가
안 좋았던 거야. 그래서 대상군이 바람과 조수의 흐름을 다시 판단하
고는 우리들에게 이동 신호를 보낼 때였어. 아 근데 글쎄, 갑자기 엄
청나게 큰 노랑가오리가 번개처럼 나타나는 거야. 아, 그러더니 막
물 위로 올라가려는 대상군의 머리를 순식간에 꼬리가시로 내려치
고는 어디론가 사라지는 거야. 세상천지에 꼬리가 그렇게 길고 굵은
가오리가 어디 있담.”

안타깝게 듣고 있었던 마루보는 그때 결정했었다. 동생들과 함께
흉측한 종들에게서 속히 벗어나야 된다고. 여태까지의 정황으로 봐
서 대상군의 죽음이 결코 우연이 아니란 걸 단정했던 것이다.

‘섬에 외계인이 나타났어! 돌하르방 소린 환청이 아니었어!’

그 후, 마루보는 오누이를 데리고 부랴부랴 중산간지대의 은신처
를 찾아 나섰다. 동생들과 하룩을 교대해 올라타며 발이 부르트도록
찾아다녔다. 그리하여 마침내 찾은 곳은 오등리와 한창 떨어진 조천
읍 와산리 왕모루곳이었다.

그곳은 나무가 무성하게 우거져있고, 풀과 덩굴이 엉켜서 사람들이 진입하기 어려운 곳이었다. 그리고 용암작용이 활발했던 지대라 크고 작은 동굴들이 산재해 있어 은신하기에 적합한 곳이었다.

"마루보 오빠, 이제 어떡해?"

세르미가 뭔가를 골똘히 생각하고 있는 마루보에게 물었다. 그도 그럴 것이 동굴 속에서 며칠 동안 거의 식음을 전폐하다시피 했다. 대책이라곤 전혀 없었다. 그렇다고 마루보라고 뾰족한 수가 있을 리 만무했지만, 마냥 그렇게 있을 수만은 없는 노릇이었다.

곳을 통과해 동굴입구까지 들어오다 만 햇살을 바라보며 마루보가 말했다.

"나 역시 갑갑해. 우리들만 외계인들의 모습을 봤어. 그걸 알고 있었던 대상군은 외계인들에게 죽임을 당하고. 그렇다고 해서 그게 무서워 비겁하게 이 동굴에 숨어 지내자는 건 아냐. 외계인들을 알아본 우리들을 그들이 알까봐 먼저 피한 것 뿐이지."

"그래, 형 말이 맞아. 외계인인 줄 뻔히 아는데 전처럼 부모를 대할 순 없겠지. 어색할 수밖에 없을 테니, 그럼 결국 발각될 거구."

"그래, 정확히 봤다. 그럼 이제부터 형이 하는 말 잘 새겨둬."

그 즈음이었다.

섬에서는 본토에서도 유례가 없었던 민·관 총파업이 시작됐다. 통신기관, 공장 근로자, 관공서, 운송업체, 심지어 학생들까지 참여하는 대규모 파업이었다. 더욱이 섬 출신인 군청 직원들과 경비대 소속 경관들도 무더기로 파업에 동참했다.

그들의 요구 조건은 몇 가지 공통점이 있었다. 발포경관의 처벌, 경비 대장과 군수의 인책 사임, 경관의 무장, 고문 폐지, 대군민 사과, 희생자 유족 및 부상자에 대한 공식 사죄와 생활보장 등이었다.

그러나 미리내는 다른 길을 선택했다. 총파업의 이유는 시위 때 일어났던 경비대에 대한 반감과 증오심 때문인 것을 파악하고 있었지만, 바로 그 점을 상고대에서 악용하고 있다는 쪽으로 가닥을 잡았다.

그로 인해, 경비대는 섬사람들의 동요를 수습하기보다는, 오히려 상고대를 척결하는 쪽으로 결론을 내렸다. 그것은 곧 도니락과의 본격적인 접전을 알리는 신호탄이었다.

그 신호탄은 저녁 늦게 개최한 백쉬르의 기자회견에서 시작됐다. 야간 통행금지 시간대였지만, 기자들에게는 한시적으로 허용한 날이었다.

"현재 상고대의 불순분자들이 섬을 본토와 분리시켜 섬을 장악하려고 획책하고 있습니다. 벌써 섬 주민의 절대다수가 그 쪽 성향으로 전향돼 있습니다. 상고대의 조직은 실로 놀라운 것이고, 그 전염이 얼마나 빠른 것인지 이번 시위 때 검속된 간부들을 취조하면서 알았습니다. 따라서 이 사태에 경비대 병력으론 매우 부족해 본토에 대규모 병력 지원을 요청할 것이고, 그 병력이 도착하는 대로 그물망처럼 퍼져있는 그들을 죄다 발본색원할 것입니다."

그래놓고, 백쉬르가 마이크 앞의 물 잔을 들어 목을 축였다.

"그럼, 질문들 하시오."

질문 시간이 열렸다. 그러자 깡마른 본토의 남자 기자가 먼저 예리한 질문을 던졌다.

"불순분자란 이념적인 정의인가요, 아니면 정치적 정의인가요?"

백쉬르는 그런 기자를 쏘아보며 신경질적으로 말했다.

"섬은 국가에 귀속돼 있소. 따라서 이 사태는 국가 차원의 문제요. 섬의 전복은 국가를 전복하려는 의미란 말이오. 지금 이념적이냐, 정치적이냐 하는 물음은 적절치 못하오. 즉, 국가 존재를 위해하는 것은 논리 적용이 필요치 않소. 요점을 말한다면, 국가의 위해 요소들은 모두 불순분자로 분류해 준엄한 심판을 할 수밖에 없단 말이오,

알았소?”

거만하게 말을 마친 백쉬르가 다음 질문자를 가리켰다. 그의 지목을 받은 자는 색안경을 낀 외신 여기자였다.

“새별 오름 불꽃축제를 취재한 적이 있는 기자입니다. 그때 군수께서는 그간의 탁월한 행정력으로 섬 주민들로부터 추앙을 받은 걸로 알고 있었습니다. 그런데 지금의 현실은 섬 주민들에게 지탄받는 군수로 전락했습니다. 이 원인 또한 미리내의 실정에서 비롯된 것이 아니라, 군수께서 지적하는 불순분자의 책동 때문이라 생각하십니까?”

“물론이오.”

백쉬르가 노란 머리칼을 쓸어 올리며 잘라 말했다. 그리고는 여기자에게 물었다.

“그런데 이 나라 말을 언제 배웠는데 그리 유창하오?”

“여기 오년 째 외신 기자로 있습니다.”

여기자가 콧등에 내려온 색안경을 올리며 짧게 대답하곤 바로 질문을 던졌다.

“그럼 미리내의 실정은 전혀 없다는 말로 들리는데 맞습니까?”

만만찮은 여기자의 질문에 백쉬르가 매부리코를 엄지로 튕기며 발끈했다.

"당신, 지금 나를 취조하고 있소! 상고대는 악성 전염병이오! 이
악성 전염병에 벌써 섬 주민들이 심각하게 감염돼 있다고 아까 말했
잖소! 지금 미리내의 실정을 운운할 때가 아니란 말이오. 모든 수단
과 방법을 다 동원해서 조속히 그 전염병을 퇴치할 때지."

"그럼, 유행성 각막염의 전염병은 어떤 경우죠? 그때도 섬 주민들
에게 미리내의 신뢰를 잃지 않았습니까? 그래놓고 또 전염병이란
명분하에 정략적으로 우려먹는 건 아닙니까? 물론, 제 사견입니다
만."

"사견이라……."

어쩐 일인지 백쉬르가 기자의 말을 조용히 받았다. 그러고는 천천
히 일어서서 자기와 같은 머리칼을 가진 기자에게 다가갔다. 장내는
긴장감이 감돌고 있었다.

줄무늬 양복을 입은 백쉬르가 하얀 블라우스 차림의 기자 앞에 우
뚝 섰다.

"혹시 야간에만 활동하는 여기자가 아닌가? 색안경은 낮에 써야
더 어울리실 텐데. 실례지만, 안경 벗은 아름다운 눈을 감상할 수 있
을까?"

백쉬르가 뜻 모를 미소를 지으며 말했다. 그러고는 기자의 대답을 기다리지도 않은 채 그 안경을 낚아채듯 빼버렸다. 그 순간, 아주 푸른 눈이 백쉬르의 동공에 맺혔다.

'이런!'

일그러진 백쉬르의 얼굴에 벌건 색채가 물들었다. 분명, 도니락의 냄새가 풍겼는데 그게 아니었다.

"예상대로였군요. 저도 푸른 눈을 가졌지만, 이렇게 아름다운 비취 눈은 처음 보오. 실례했다면 용서 바라오."

무안해진 백쉬르가 여기자에게 양해를 구했다.

"안경은 주서야죠."

여기자가 일어서서 하얀 손을 내밀었다. 백쉬르가 멋쩍어하며 얼른 안경을 건넸다. 그러자 여기자가 그의 뺨을 힘껏 후려치며 말했다.

"실례했군요. 전 맘에 들면 손찌검하는 버릇이 있어요. 아까부터 당신 뺨이 맘에 들었거든요. 그런데 귀 좀 빌릴 수 있을까요?"

백쉬르가 또 기습당할까봐 흠칫했다. 그러자 여기자가 그에게 바짝 붙으며 속삭였다.

"병신, 그래 가지고 우리 도니락을 이기겠어."

그러자 당황한 백쉬르가 눈을 휘둥그레 뜨고 여기자를 쳐다봤다. 여기자는 그런 백쉬르에게 배시시 웃곤 어깨 밑까지 내려온 머리칼을 찰랑이며 입구로 향했다.

플래시를 연신 터트리고 있는 주위 상황에 백쉬르는 그저 그 기자의 뒤태만 쳐다 볼 뿐이었다.

'망할 놈의 울프 같으니, 뭐 도니락은 제대로 된 눈을 가질 수 없다구. 그럼, 저계집 눈깔은 어떻게 된 거야! 두세 명 밖에 없다는, 그 중의 한 명이란 말인가!'

백쉬르는 당체 뭐가 어떻게 돌아가는지 몰랐다. 아무튼 회견을 졸속으로 마친 그는 서둘러 경비 대장실로 전화를 넣었다.

"울프 성주님, 저들이 제대로 된 눈알을 박기 시작했나 봅니다."

백쉬르가 슬쩍 넘겨짚으며 말했다.

"뭐야, 자세히 보고해 봐!"

백쉬르는 조소를 띄웠다. 그리고는 과장을 섞어가며 그 자초지종을 전했다.

"좋아, 이제부터 검속을 최고 수위로 높인다. 그리고 일전에 잡아들였던 상고대 간부들이 우리 종으로 교체됐다고 하니, 바로 투입하여 상고대를 교란시켜라."

그렇게 울프 말이 떨어진 바로 다음날이었다.

상고대에 그들의 종들이 잠입하였고, 본토에서 또다시 지원 경관 병력이 속속 도착했다. 그리고 무장한 지원 경관들이 각 단체의 '투쟁위원회' 간판이 붙어 있는 곳마다 출동해 그 조직의 사람들을 마구잡이로 연행해 나갔다. 그렇게 구금된 사람 가운데는 경관, 각 군청들의 관리, 교원, 각종 단체 간부 등이 포함돼 있었다.

그런데 희한한 일이었다. 평화로웠던 섬이 알 수 없는 힘에 의해 흐트러지고, 왜곡되어지고 , 망가져가는 데도, 그것이 왜 그런지 아는 섬사람은 아무도 없었다.

칠흑같이 어두운 그믐밤이었다.

왕모루곶에 느닷없는 황금박쥐 떼들이 찾아들었다. 왕모루곶은 라울이 있는 용암 동굴과 비교적 가까운 곳에 위치해 있었던 것이다.

숲 위에서는 황금박쥐들이 떼거리로 맴돌면서 감지 초음파를 쏘며 누군가를 찾고 있었다. 숲 속에서는 동굴에서 투입된 도니락 전투 대원들이 덩굴을 헤쳐 가며 수색하고 있는 중이었다.

사냥차림인 그들이 눈에 야광을 내며 원시림에 깔린 돌밭을 밟아 나갈 때였다. 공중에서 그들을 비호하던 황금박쥐 떼들이 휘파람 소리를 듣고 갑자기 어디론가 이동했다. 부근 도로변에 있는 원물 쪽이었는데, 원물은 가뭄에도 그치지 않는 용천수였다.

원물 쪽에는 순찰중 목을 축이러 잠시 들른 순찰 경관 서너 명이 있었다.

"응? 저거 황금박쥐 아냐?"

"웬일이람?"

하늘을 뒤덮고 있는 황금박쥐 떼들을 보며, 경관들이 어리둥절할 때였다. 황금박쥐들이 경관들을 향해 초음파를 일제히 발사했다. 그러자 군청색 제복차림인 경관들이 갑자기 가슴을 움켜쥐더니 그대로 고꾸라졌다. 그런 후, 바닥에 떨어진 하얀 모자들 곁에는, 허연 눈자위만 보인 채 심장마비로 죽은 시신들이 가로놓여 있었다.

상처 하나 남기지 않는 완벽한 살상용 초음파였다.

다시 숲 위로 날아든 황금박쥐 떼는 계속 감지 초음파를 뿌려댔다. 그렇지만 곳이 워낙 우거져 그 기능을 제대로 발휘하지 못하고 있었다.

'이 지점이 틀림없는데, 여기 자르몽도 보이고.'

거대한 황금박쥐로 변해 있었던 아고닉이 중얼거리며 자신의 몸을
해체시켰다. 그러고는 까만 망토를 팔랑이며 하륵이 있는 숲속의 빈
터로 내려왔다.

"어찌 된 거야, 자르몽."

"아고닉 총독님, 분명, 이 근처가 맞습니다. 저에게 하루에 한 번씩
은 물을 주기 위해 꼭 들르니."

"좋아, 부하들과 황금박쥐들이 숲을 샅샅이 파고들고 있으니 곧 발
각되겠지. 제깐 것들이 숨어봤자 독 안에 든 쥐새끼지."

아고닉이 까만 망토를 뒤로 젖히며 말을 이었다.

"지금까지 잘하고 있어. 이 일만 잘 되면 곧 원하는 선물을 주지.
하지만 나를 배반하면 어떻게 되는 줄 알고 있지?"

"예, 총독님. 약속만 지켜주신다면 이후로도 충성을 다해 총독님을
따르겠습니다. 목숨을 저당 잡혀 맹세할 수 있습니다."

하륵이 그걸 증명해 보이기라도 하듯 허공에 높이 치켜든 발을 휘
저었다.

밀약의 확인이 서로 끝나자, 아고닉은 전투대원들이 있는 돌밭 쪽
으로 발길을 옮겼다. 하륵은 그 선물이 당장 실현되기를 기다리며 어
둠에 그대로 묻혀 있었다.

실은, 적색마 하륵은 시락톨 전사였고, 시락톨 이름은 자르몽이었다. 이 자르몽은 그간 자신이 시락톨 전사임에도 불구하고 한갓 말로 취급당한 것에 강한 불만을 품어왔었다. 그리고 날이 갈수록 그 불만은 증폭돼, 결국 도니락과 밀약을 맺고 말았던 것이다. 그것은 자신이 시락톨의 동향을 아고닉에게 보고하는 것이고, 그 대가로 그에게 변신 능력의 일부분을 전수받는 일이었다.

그런데 얼마 전, 그들은 새로운 밀약을 체결했다. 자르몽에게 생긴 뜻밖의 변수 때문이었다. 그것은 그가 백록담에서 본 주홍구슬의 주술이었다.

어느 날 접선해 온 아고닉 부하에게 자르몽이 이렇게 전했다.

"총독께 전해라. 총독과 똑같은 능력을 주면 구슬의 비밀을 일러 드리겠다고."

그 다음 날 일찍 회신이 왔다. 아고닉이 지체 없이 수락했다고.

도니락이 섬의 최초 생물체를 만난 것은 마루보와 하륵이었다. 이에 마루보에 대해 강렬한 인상을 가졌던 도니락이 후에 마루보를 찾

았다.

그런데 죽은 줄로만 알았던 그 말이 마루보 옆에 버젓이 생존해 있지 않은가! 낭패였다. 빛 창의 위력이 섬에서 통하지 않았기 때문이었다.

도니락은 며칠간 그 말을 예의주시했다. 그 결과, 말이 그때의 말이 아니란 걸 알았다. 그리고 그 말이 몇 사람들과 대화를 나누는 것을 보고 시락톨 종이란 걸 직감할 수 있었다.

"됐어, 포섭하면 활용가치가 충분하겠어. 내가 나서보지."

부하로부터 보고를 받았던 아고닉은 변신을 못하는 말의 약점을 노려 접근했다. 그러고는 자신의 변신술을 유감없이 보여줬다.

"오, 총독님, 저에게 총독님의 초능력 일부분이라도 주신다면 제 모든 걸 드리겠습니다."

바야흐로 그들의 밀회가 시작되던 시점이었다.

아무튼 그런 과정 속에서 자르몽은 자연스럽게 도니락의 정보를 입수할 수 있었고, 그 정보는 곧장 훈장에게 보고되어 울프의 귀에 들어가도록 했다. 그의 위험한 줄타기가 시작되던 시점이었다.

울프는 훈장으로부터 성산 일출봉의 사건을 보고받은 터였다. 그로써 도니락의 출현에 갸우뚱하던 차에 자르몽의 일까지 보고받아

기정사실로 굳혀버리게 됐다.

울프는 계속해서 자르몽에게 도니락과의 접선을 지시하면서 보상을 약속했다. 하지만 그 보상이란 게 변신 능력이었으므로 현실에 맞지 않았다. 자르몽이 말의 형상에서 벗어나면 도니락과의 접선은 그로써 끝나기 때문에 변신능력을 줄 리 만무했다.

"자르몽, 조금만 더 고생해라. 도니락의 은신처나 근거지만 알아낸다면 그 즉시 바라는 대로 보상할 것이다."

울프가 자르몽에게 고급 정보를 입수할 때마다 매번 들려줬던 말이었다.

그러던 어느 날이었다.

'좋아, 니네 놈들도 어디 한번 당해봐라!'

보상을 질질 끄는 울프에게 염증을 느끼고 있었던 자르몽이었다. 그것은 곧 앙갚음으로 표출됐다.

"아고닉 총독님, 본토에서 시락톨 수뇌부 회의가 개최됩니다."

자르몽은 또 만에 하나 잘못될 경우, 자신이 빠져나갈 구멍을 마련해 뒀다. 그 회의장에 도니락이 참석한다는 정보를 울프에게 제공했던 것이다.

그 후 아무 탈이 없자, 자르몽은 고급 정보를 도니락에게, 가치 없

는 정보를 시락톨에게 제공했던 것이다. 아고닉과 맺은 밀약의 결실을 학수고대하면서.

황금박쥐들이 숲 사이로 어둠을 휘젓고 있었다. 도니락 대원들의 야광 눈은 숫제 어둠을 사르고 있었다.

그들의 기척이 짐승과 곤충들을 점점 은밀한 곳으로 옮겨 놓고 있을 때였다. 무성한 풀숲에서 바짝 웅크리고 있던 고라니가 자신의 은신처까지 기척이 미치자, 극심한 긴장감을 이겨내지 못하고 그만 뛰쳐나와버렸다.

"저기다!"

초음파와 화살이 덩굴까지 뚫으며 그 과녁을 향해 빗발쳤다. 얼마 도망가지도 못한 고라니는 즉사해버렸다. 그 형체는 마치 거대한 고슴도치 같아 보였다.

"올 것이 왔어. 정신 바짝 차려야 해."

이런 날이 올 줄 알고 마루보는 오누이에게 이미 탈출 요령을 일러 줬던 터였다.

그들은 요 며칠 동안 동굴에 은신하면서 반나절이나 걸려 떠오는 용천수는 적색마의 목을 축여주고, 그 남은 물은 그들의 식수로 사용했다. 그리고 덩굴을 헤치며 어렵게 오른 나무의 풋 열매를 따먹으며 근근이 하루를 버텨나가고 있었다.

그러던 어느 날, 소극적인 방법을 바꾸어 직접 수렵에 나섰다.

숲속을 헤맨 지 한 시간 만에 노루를 발견했다. 한나절이나 활과 화살을 공들여 완성한 후 노루를 그렇게 만났으니 운이 좋은 편이었다. 거기다가 길 잃은 어린 노루였고 몸통이 완전히 노출돼 있었다.

마루보가 시위를 팽팽히 당겨 어깨 부위에서 화살을 놓을 때였다.

"헉!"

멈췄던 숨이 갑자기 풀렸다.

"탁!"

그렇게 시위를 떠난 화살은 가시나무에 꽂히고 말았다. 기겁을 한 어린 노루가 휑하니 가시나무들 사이로 달아나버렸다. 고의적인 실수였다. 갑자기 바다에서 돌아가신 부모의 얼굴이 마루보 눈앞을 가렸던 것이다. 언젠가 마당에서 허수아비를 쏠 때 하륵이 보였듯이.

아무튼 그날의 수확은 풀벌레 울음에 섞여 나오는 배곯는 소리들뿐이었다.

“샅샅이 뒤져야 한다!”

이 소리와 함께 사각사각 밟아오는 발소리가 동굴 속까지 밀려오
고 있었다.

“오빠, 저건 뭐야?”

바닥에 엎드려 있던 세르미가 귓속말로 마루보에게 말했다. 동굴
앞에 얽히고 설킨 덩굴 틈 새로 황금박쥐들이 보였던 것이다. 마루보
는 대답 대신 급히 세르미의 입을 막곤 자신의 입에 검지를 갖다댔
다. 그러고는 동굴바닥에 글을 적었다.

“外界人.”

그랬다. 마루보로서는 황금박쥐가 외계인이었다. 무엇이든 변신
가능한 그들이었고, 또 보통의 흑색 박쥐도 아니었던 것이다.

이번에는 동굴 입구에 얽혀 있는 덩굴이 걷히고 있었다. 납작하게
포복해 있던 마루보와 오누이는 그 자세로 슬금슬금 뒤로 물러나기
시작했다. 조금 후였다. 동굴입구 언저리에 보였던 야광들이 마침내
동굴 내부에까지 침투하고 있었다.

마루보와 오누이가 비상구 지점까지 거의 도달했을 무렵이었다.

“아~ !”

세르미의 도톰한 입술에서 가는 비명이 흘러나왔다. 뒤로 포복하

여 가던 세르미의 팔꿈치가 그만 날카로운 돌부리에 베인 것이다.

"여기다!"

우르르 발자국 소리가 들려왔다.

"내가 먼저 나가마."

위장한 천장 덮개를 말아 쥔 손으로 밀친 마루보가 다급히 말했다. 바깥의 상황이 더 위험할 수도 있다는 판단이었다. 그리고 말아쥔 손 안에는 구슬이 있었다.

마루보의 더벅머리가 어둠 속으로 천천히 올라왔다. 어둠을 훑으며 사위를 살피는 까만 눈동자에 몇몇 외계인들이 퇴로를 차단하려고 막 덮개 쪽으로 이동해오는 모습이 들어오고 있었다.

"얼른 나와!"

몸을 밖으로 빼낸 마루보가 팔을 뻗어 오누이를 차례로 끌어 당겼다. 동굴 탈출은 성공적이었다. 그들은 곧 가시나무들 사이로 몸을 숨기면서 낭떠러지나 다름없는 비탈길 쪽으로 포복하여 내려갔다. 위급할 때를 대비한 그들의 탈출로였다.

가파른 비탈길은 수많은 돌들이 널브러져 있고 덩굴이 난무했다. 그리고 한 치 앞도 헤아릴 수 없는 어둠 때문에 그들의 탈출은 더뎠다.

일행 끝에서 기어오던 세르미가 아려오는 팔꿈치를 떼어 주무르는 순간이었다. 상체가 들리는 탓에 아래로 나뒹굴면서 궤에 처박혀버렸다. 그러자 그 궤 속에 있던 족제비 한 마리가 후다닥 튀어나왔다.

"저기 도망간다!"

곧, 황금박쥐의 초음파에 족제비의 짧은 비명이 솟구쳤다. 그 다음 표적은 바로 세르미였다.

"하르방~ !"

끝까지 말아 쥐고 있었던 마루보의 손이 펴지면서 흑구슬이 날아갔다. 그러자 돌들이 사방에 날아오르면서 저공비행하는 황금박쥐들을 추풍낙엽처럼 떨어뜨렸다. 뿐만 아니라 외계인들의 머리통과 몸통에도 내리꽂아 거꾸러뜨렸다.

이에 위기를 느낀 외계인들은 몸을 해체시켜 빛 침으로 자살적인 공세를 펼쳤다. 이 탓에 돌들이 무수히 박살났고, 강력한 초음파를 맞아 산산조각 나기도 했다.

그러나 숲속에는 돌들이 무한정 있었다. 쉼 없이 도니락들을 솎아 내었고, 거침없이 황금박쥐들의 날개를 꺾었다. 그리고 한편으론 마루보와 오누이들의 방어벽을 구축하여 그들의 신변을 철저히 보호했다.

싸움은 시간이 갈수록 외계인들에게 점점 불리한 쪽으로 흐르고 있었다. 이 상태로 승산이 없다는 걸 안 그들은 전술을 달리했다.

"윙, 윙~!"

그들이 빛 비늘의 조합으로 톱니바퀴가 되어 나무들을 사정없이 베기 시작했다.

아고닉 자신도 거대한 톱니바퀴로 변신했다. 그러고는 비탈길 거목들만 집중적으로 베어 아래로 떨어뜨렸다. 그것은 마루보와 오누이가 있는 바로 앞뒤로까지 위협했다. 그들이 쓰러진 한 거목을 타고 넘을 때였다. 거목들이 그들 머리를 향해 무더기로 쏟아지고 있었다.

"하르방~!"

이번에는 마루보 손에서 은구슬이 표창처럼 날아갔다. 순간, 흑구슬은 마루보의 품으로 돌아오고 있었지만, 은구슬은 쓰러지는 거목에 부딪혀 낙하하는 듯했다.

"엎드려!"

마루보가 오누이를 덮치며 눈을 질끈 감아버렸다. 그때였다. 은은한 피리 소리와 감미로운 바람소리가 숲속에 울려 퍼졌다.

'어찌 된 일이지?'

그들 머리 바로 위에는 거목들이 정지된 채 비스듬히 떠있었다. 허

공에는 거목들 사이로 은빛을 뿜고 있는 은구슬이 보였다. 주위의 삼라만상이 잠들어 있었다.

"다행이다. 자, 빨리 여길 벗어나자."

마루보가 엎드려 있는 오누이를 일으키며 말했다.

그들은 하륵이 있는 쪽으로 잰걸음 치기 시작했다. 그리하여 박쥐들과 거목들, 그리고 외계인들을 뒤로 한 지 한 시간 쯤 지났을 때 비로소 하륵을 만날 수 있었다.

"무사했구나, 하륵."

모두가 하륵의 등을 어루만지며 반가움을 표시했다. 은구슬이 있는 곳에서 많이 벗어나 있었던 터라 마법에 걸리지 않은 것 같았다.

세 사람은 하륵의 등에 함께 올랐다.

"끼럇!"

한시라도 지체할 수 없었던 그들은 도로변 쪽으로 하륵을 몰았다. 하륵은 그들의 무게를 충분히 감당해내며 말굽을 차나갔다.

그렇게 얼마쯤 달렸을까, 용천수가 있는 도로변을 지날 때였다. 그 근처에 지프차와 쓰러져 있는 경관 세 명이 보였다.

"마루보 오빠, 저 경관들도 은구슬 마법에 걸린 것 같애."

"아냐, 하륵은 안 걸렸잖아. 외계인이 그랬을 거야. 이젠 누구나 다

죽이는 거 같아. 기억해, 부모님 원수들이야!"

마루보는 경관들이 죽어 있는 그 현장을 뒤돌아보곤 이를 악다물었다.

그들이 이끄는 대로 훨훨 날듯 달려 나가던 하륵에게 한 가지 의문이 일었다.

절대적인 위력을 지닌 아고닉의 포위망에서 결코 생존하지 못할 것 같았던 그들이었다. 그런데 용케도 빠져나와 지금 은구슬을 운운하고 있는 것이다.

'은구슬은 대체 또 어떤 마법을 부리는 거지?'

하륵이 그렇게 궁금해 할 때였다.

"하르방~!"

주문이 와산리 일대에 울려 퍼졌다. 그러자 저 멀리서 피리 소리가 들려오면서 바람과 함께 은구슬이 돌아오고 있었다.

제주 비양도 펄랑(염습지)

반딧불이의 함정

비양도에서 시락톨의 긴급회의가 열렸다. 본토의 대성주까지 참석한 수뇌부 회의였다. 여기에 참석한 자들은 모두 탁월한 변신 능력의 소유자들이었다.

"자르몽을 찾아 없애라!"

회의 초입부터 성주가 자르몽을 거론하며 의지를 밝혔다.

"대성주님, 배신자 자르몽을 모른 체 하고 있는 게 좋겠습니다. 도니락의 진영을 알아낼 때까지 말입니다."

턱이 뾰족한 한 성주가 유연성을 가지며 대처하자고 의견을 제시했다. 그러나 대성주는 단호했다.

"와산리 경관들의 죽음은 우리 시락톨의 치욕이다. 이 역시 자르몽의 배신으로 나타난 게 아니더냐! 그러니 더 두고 볼 거 없다. 찾는 즉시 사살하라!"

그간 자르몽은 대단한 정보원이었다. 도니락의 출현은 물론이고 그들의 생김새며 변신술, 그리고 생태의 특징을 그로부터 자세하게 알아낼 수 있었다.

그런데 갈수록 늘어나는 곤경들은 아무래도 내부소행이 아니면 있을 수 없는 일이었다. 본토에서의 회의 때 수뇌부들이 거의 전멸할 뻔한 그날이 그러했다. 또, 도니락이 너무 수월히 산간지대에 잠입해 들어가 그곳을 잠식해버린 것도 묵과할 수 없는 일이었다. 더욱이 와산리 경관들의 죽음을 조사하는 과정에서도 자르몽의 말굽 흔적이 발견된 것이다. 설령, 자르몽이 이용 가치가 남았더라도 도리어 역정보에 휘말려 다시 위기의 상황을 자초할 수 있는 문제였다. 따라서 배신자로 낙인을 찍은 이상 더 미련을 둔다는 건 어리석은 일이었다.

긴 턱수염을 아래로 쓸어내린 한 성주가 조용히 의견을 내놓았다.

"마루보와 함께 도망친 걸 보면 자르몽이 아무래도 마루보와도 내통하고 있는 것 같습니다. 이 기회에 다 잡아 없애버려야겠습니다."

"그렇게 하라!"

마루보를 없애자고 건의한 성주는 오등리 훈장이었다. 시락톨에서

는 버킬로 통했다. 울프 다음의 제 삼인자로서, 자신은 산간지방을 주축으로 임무를 맡아 오고 있었다.

대성주가 성주들에게 불쑥 펄낭을 가리키며 입을 열었다.

"오년 전 심해에서 이 비양도를 택해 이주한 절대적인 이유가 저 염습지 때문이란 걸 알고 있을 게다. 섬의 환경에 적응하기 위해선 반드시 필요한 환경 여건이었던 까닭이었다. 아무튼 거기에서 때론 민물 생물로, 때론 해양 생물로 번갈아가며 눈부신 적응과정을 거치면서 빠른 속도로 인간화되어 갔다. 이로써 우리들은 이 발전을 더욱 가속화해 우주로까지의 진화를 시도할 참이었다. 그런데 때 이른 도니락의 출현에 우리들의 미래가 불투명해졌다. 따라서 이젠 누가 먹이사슬의 우위에 있는지 맞닥뜨려 대적할 수밖에 없는 현실을 맞게 됐다."

착잡한 심경을 토하던 대성주였다. 그런 그가 잠시 한숨을 쉬더니 벌떡 일어서서 강한 어조로 다시 말했다.

"버킬, 자르몽이 자네 정체를 불 수 있으니 산간지대는 잠입 요원들에게 맡기고 중심지역으로 들어와 울프를 도와라. 이제 경비대는 경비청으로 승격하겠다. 그리고 성주들은 들어라. 산간지대는 이제 우리의 주적이 은둔한 곳으로 간주하고 토벌 지역으로 선포하겠다.

가가호호에 핀 문주란의 흰꽃이 핏빛으로 변해도 좋다. 피 비린내가 산을 덮어 진동해도 좋다. 도니락에 동조하는 낌새가 조금이라도 보이면 남녀노소를 막론하고 가차 없이 처단하라."

대성주의 마지막 결단이었다. 그 결단에 모두들 결의에 찬 눈빛을 서로 교환할 때였다. 백쉬르가 흘깃흘깃 울프의 눈치를 살피다가 대성주에게 물었다.

"대성주님의 분부는 잘 알겠습니다. 하지만 우리들에겐 도니락의 빛 비늘을 감당해 낼 방어력이 없습니다. 이 때문이라도 인간들을 방패막으로 내세워야 하는데 인간들을 그렇게 다 살육해버리면 저희들도 목숨을 장담할 수 없지 않습니까? 본토에서의 회의 때 성주들이 무참히 죽었듯이……."

백쉬르가 말꼬리를 흐렸다. 그러자 눈에 쌍심지를 켠 울프가 그에게 호통쳤다.

"이 전시 상황에 너는 그렇게 목숨을 부지하고 싶으냐! 시락톨이 죽으면 도니락도 죽는다. 도니락은 빛 비늘을 살상용으로 사용하면 그대로 사멸되는 것이다. 적이 그렇게 죽음을 각오하고 전투를 할 것인데, 현 상황에서, 그것도 시락톨의 최고 전사가 목숨을 운운하는 발언이 맞느냐!"

백쉬르가 우려했던 울프의 지적이었다. 시락톨의 최고의 전사로서 수뇌부의 위치였다. 하지만 칭호는 여전히 전사라 수뇌부에서 최하위 서열에 놓여 있었다. 그래서 그런지, 늘 현실적인 문제 제기를 하더라도 성주들에게, 특히 울프에게 퇴짜 맞기 일쑤였다. 그런데 이번에는 달랐다.

"백쉬르의 고민은 일리가 있다. 부하들에게 무조건적인 희생을 강요할 수는 없다. 그것은 내부의 또 다른 동요를 가져올 수 있는 문제다. 그래서 성주들의 참사 이후에 그 빛 비늘들을 수거하여 성분을 분석하였고, 지금 현재 희생을 최소화할 수 있는 술수가 완성단계에 이르고 있다. 그러니 백쉬르는 그 점 걱정하지 말고 맡은 바 최선을 다하라."

"감사합니다, 대성주님."

대성주의 두둔에 백쉬르가 의기양양해하며 매부리코를 벌름거렸다.

한여름 날의 석양이 뉘엿뉘엿 넘어가고 있었다. 수뇌부 회의도 끝나갈 즈음이었다. 동녘 하늘에서 저공으로 비행하는 원형 물체가 펄낭을 향해 날아들고 있었다.

"아니 저 저건……"

버킬이 말을 더듬다가 외쳤다.

"도니락이오, 모두 엎드리시오!"

그러자 모두 황급히 바닥에 엎드렸다.

"어찌 된 일이야?"

버킬 옆에 엎드려 있던 대성주가 물었다.

"일전에 마루보로부터 들었던 그 물체인 것 같습니다. 그런데 공격은 하지 않고 그냥 가는군요."

툭 튀어나온 이마를 땅바닥에 박고 있던 대성주가 일어서며 걱정했다.

"하지만 빛에 대한 적응력이 날로 높아지고 있다는 걸 반증해 보이는군. 태양빛 여운이 아직 있는데도 저렇게 정찰하며 돌아다니는 걸 보면. 제공권도 이미 도니락이 확보한 셈이 되니……."

대성주가 암울한 기색으로 일어설 때였다. 한 점으로 멀어지던 그 비행물체가 다시 펄낭으로 날아들고 있었다.

방심했던 그들이 부리나케 다시 엎드렸다.

"펄낭 속이 안전하다! 거기로 피해라. 내가 차단하마!"

대성주가 다급히 명령한 후 입에서 검은 가스를 내뿜었다. 그 가스가 창공으로 치솟더니 먹장구름을 일으키고 있었다. 그러는 사이, 대

성주는 그 먹장구름 한 조각을 타고 창공으로 날아올랐다.

"아니, 저 술수는 뭐지?"

펼낭에 있던 성주들이 그 광경에 어리둥절해하며 대성주를 주시하고 있었다. 비행물체도 갑자기 창공에 출현한 대성주에게 당황했는지 주춤하고 있었다.

잠시 후, 대성주를 향해 빛 비늘들이 퍼부어졌다. 대성주는 빛 비늘들을 피하며 소용돌이치는 먹장구름을 향해 자신을 내던지자 먹장구름들과 대성주가 융합되면서 엄청난 폭음을 일으켰다.

"아니 저럴 수가……."

융합 후에 나타난 창공의 물체를 본 성주들이 눈을 휘둥그레 떴다. 창공에 번개를 거머쥔 검은 물체가 홀연히 나타났던 것이다. 실루엣이 아닌 입체적 형태를 띠었는데 마치 거대한 악령 같아 보였다.

그 악령이 원형 물체를 향해 번뜩이는 번개를 던졌다. 원형 물체는 그 번개를 민첩히 피하곤 오히려 날카로운 독침들을 그에게 뿌렸다. 하지만 마치 구름을 통과하듯 그의 몸을 통과할 뿐이었다.

"어림없다, 이놈들!"

창공에 악령의 소리가 쩌렁쩌렁 울렸다.

그런 그의 양손에는 번개가 하나씩 생성되고 있었다.

“가거라, 번개여!”

악령이 번개를 날렸다. 원형물체가 이번에도 피하는가 싶었다. 그런데 이어 던진 그의 번개에 “쾅!” 하는 폭발음과 함께 박살나고 말았다. 그것을 유유히 지켜본 악령은 성주들이 있는 펄낭 속으로 낙하했다.

잠시 후였다. 펄낭 수면으로 툭 튀어나온 이마가 올라오고 있었다.

“오오, 위대한 대성주시여!”

“대성주께서 말씀하신 술수가 바로 이것이었습니까!”

“대성주시여, 이제 도니락은 끝났습니다! 대성주님 만세!”

시락톨 성주들이 그들의 대성주를 날이 저물도록 추앙하고 있었다.

펄낭에 나타났던 원형 물체는, 마루보 일행과 하륵을 찾기 위해 수색 중이었다. 그런데 뜻밖에 비양도에서 청색제복과 펄낭의 정체를 감지하곤 척결한다는 것이 오히려 된통 당하고 만 것이다.

“시락톨에 그런 초능력을 가진 녀석이 있었다니. 어떻게 생긴 녀석

이더냐?”

석주 기둥 쪽 집무실에서 아고닉이 한 정찰대원들에게 온화하게 물었다. 그는 이에 앞서 뜻밖의 부하들의 희생에 무턱대고 힐책을 했던 터였다. 그러다가 가만 감안해 보니 대원을 몰아붙일 것만은 아니었다. 그레쉬, 푸쉬양, 퍼블 등의 정적들을 다 제거한 마당이었다. 내부의 동요를 차단하는 뜻에서도 부하들을 헐겁게 대해줄 필요가 있었다. 또한 자르몽에게도 듣지 못했던 새로운 능력에 대해 파악하는 것도 중요했다. 그래서 울화를 누그러뜨리고 그렇게 물었던 것이다.

“이마가 유난히 튀어나와 상대적으로 눈이 쑥 들어갔고, 모든 신체가 큼직큼직 했습니다.”

대원은 비양도에서 번개를 맞아 박살난 원형 물체의 일부분이었다. 그때의 생존자는 까투리로 변해 동굴 속으로 귀환한 그 혼자였다.

그 대원의 말을 듣고 잠깐 생각에 잠겨 있던 아고닉이 말했다.

“일전에 나에게 죽도록 맞았던 그 대원을 불러들여.”

아고닉이 뭔가 짚이는 데가 있는지 경호 대장에게 지시했다. 잠시 후 그 대원이 도착하자, 그에게 부드럽게 물었다

“그래, 시락톨의 대성주 인상착의를 아는 대로 말해 봐라.”

“예. 녀석은 이마가 툭 특이하게 튀어나왔고, 체격이 우람했으며, 총독님처럼 인상이 아주 끔찍했습니다.”

“뭐라~!”

왕모루곶에서의 까닭 모를 참패에 분을 삭였고, 펄낭에서의 패배도 애써 대수롭지 않게 넘기려 했던 아고닉이었다. 그런데 대원이 그만 그의 신경을 자극하고 만 것이다.

“터진 입이라고 주둥아리를 함부로 놀려! 뭐, 나처럼 어쨌다고! 어디 다시 말해봐!”

아고닉이 대원의 멱을 힘껏 죄자, 막혀오는 숨통으로 대원이 간간이 말을 이었다.

“그게… 아니라… 아주 끔찍할 만큼… 강직한… 인상이었다는… 겁니다.”

아고닉의 손아귀 힘이 탁 풀렸다. 곧, 그가 의자 쪽으로 가며 신경질적으로 말했 다.

“다음부턴 주둥아리 잘 놀려! 알았나!”

“예, 아고닉 총독님!”

“가 봐!”

대원이 오른손으로 왼쪽 가슴에 착 갖다 붙이며 존경을 표하고 휑

하게 돌아갔다.

조금 머쓱해져 있는 아고닉이 경호대장에게 넌지시 물었다.

"내 인상이 그렇게 더럽냐?"

"아 아닙니다. 강직한 인상입니다."

당황한 경호원이 조금 전 대원의 말을 인용하여 말했다.

"너희들은 어떻게 생각하나?"

이번에는 주위의 경호원들에게 아고닉이 물었다.

"강직한 인상입니다!"

경호원들이 주저 없이 우렁차게 대답했다. 그러자 아고닉이 혼잣말로 중얼거렸다.

'체, 더럽다는 말이군.'

쓴웃음을 흘린 아고닉이 의자에 앉아 다시 중얼거렸다.

'음, 나와 일대일로 겨눈다면……'

아고닉이 대성주와의 결투를 상상하며 한숨 청할 무렵이었다.

"으잉?"

아고닉이 의자에서 몸을 벌떡 일으켰다. 경호 대장이 붉은 광채를 켰기 때문이었다.

"무슨 일이지?"

“마루보 일행과 자르몽이 동굴 쪽을 향해 스스로들 찾아오고 있답니다.”

“됐어!”

잠이 확 달아난 아고닉이 무릎을 탁 쳤다. 그러고는 들뜬 음성으로 명령했다.

“그들 머리칼 하나 건드리지 말라. 그리고 내 명령이 있을 때까지 임상부를 제외하곤 당장 잠복하라.”

그들은 즉시 동굴 벽과 바닥에 울퉁불퉁 기이한 형상을 그리며 잠복에 들어갔다.

‘호박이 덩굴째 굴러오는구나.’

아고닉이 몽골머리를 매만지며 쾌재를 불렀다. 왕모루곶에서 황금박쥐들까지 동원하고도 애송이들에게 패배했던 그였다. 그는 그 패인을 구슬 때문이라 여길 수밖에 없었다. 그런데 구슬이 지금 동굴 속으로 저절로 굴러오고 있는 것이다.

‘기특한 녀석들. 그래, 어서 오너라.’

아고닉은 회심의 미소를 지으며 즐거운 꿈에 부풀었다. 자르몽이 말한 구슬만 손에 거머쥐면 라울을 넘어설 수 있을 것 같았다.

어차피 태양은 두 개가 될 수 없었다. 지금은 염력이 라울보다 부

족해서 꼬리를 내리고 있을 뿐이었다. 따라서 때가 되면 라울의 자리를 언제든 차지할 요량이었다. 그리고 시락톨 종 역시 하나하나 제거해 나가다 보면 우주는 자신과 가까워질 거고, 이에 우주의 정복도 머지 않아 보였다.

'그럼 충분히 가능하지! 어떻게 진화한 몸인데, 그깟 우주쯤이야…….'

몽골머리를 흔들어 부푼 상상에서 깨어난 아고닉이 정찰대원들을 불러들였다. 그러고는 그들에게 은밀한 지시를 내렸다.

왕모루곶을 떠났던 마루보 일행이 구좌읍 둔지 오름에 이를 때였다.

"저것 봐 오빠, 개똥벌레야."

세르미가 가리킨 쪽은 오름 기슭 쪽의 풀숲이었다. 거기에는 수많은 반딧불이들이 황록빛을 자아내고 있었다. 그들은 지쳐가고 있었고, 여느 반딧불이도 숱하게 봐 왔던 터였다. 그런데 저렇게 영롱한 빛을 내는 반딧불이는 처음들이었다.

“야, 저 빛 무리 좀 봐!”

그간 더 핼쑥해진 태울의 얼굴에 화색이 깃들었다.

“굉장해!”

마루보도 감탄하며 동생들 따라 하륵에서 내렸다. 말도 좀 쉴 겸 그들도 잠시나마 쉬어가려 했다.

그렇게 그들이 반딧불이에 정신이 팔려 있을 때였다.

두 다리를 접고 앉아 엎드려 있던 하륵이 중얼거렸다.

‘음, 접선자가 반딧불이라…….’

하륵은 반딧불이의 정체를 설핏 파악하고 있었다. 이럴 때를 대비해 일전에 아고닉으로부터 암시를 받아뒀던 곳이었다. 그래서 마루보 일행이 이 방향과 다른 쪽으로 고삐를 돌릴 때마다 눈치채지 못하게 이곳으로 끊임없이 유도했던 하륵이었다.

“오빠 이것 봐, 내 손바닥에 앉았어.”

“어어, 내 콧등에도 앉았어. 야, 형 머리 위는 꼭 월계관을 씌운 것 같아.”

“참 좋다. 마치 천국에 온 것 같구나.”

그렇게 그들이 반딧불이들과 동화되는 사이 어느새 용암동굴과 가까워지고 있었다.

“오빠, 반딧불이들이 동굴 속으로 들어가네.”

동굴은 무척 커 보였다. 그리고 위쪽과 아래쪽에 동굴이 있는 것 같았는데, 반디불이들은 아래쪽 동굴로 들어가버린 상태였다.

“우리들도 들어가 볼까? 동굴이 크고 깊숙하니 무슨 일이 나도 괜찮을 것 같아.”

그러자 세르미가 단발머리를 찰랑이며 바로 아래 동굴 쪽으로 뛰어갔다.

컴컴한 동굴에는 반딧불이들이 보이지 않았다. 내부 깊숙이 들어간 모양이었다.

그들이 울퉁불퉁한 바닥을 조심스럽게 밟으며 몇 번이나 굽어 돌았을 때였다. 단을 마련해 놓은 곳에 반딧불들이 보였다.

“요 녀석들, 우릴 놀려?”

세르미가 반딧불이들이 있는 곳으로 잰걸음 쳐 달려 나갔다. 일행도 역시 달가웠던 나머지 그곳으로 뛰어갔다.

그곳에서 다들 모여 반딧불이들과 다시 어우러지려고 할 때였다. 갑자기 반딧불이들이 천장으로 쑥 날아올랐다. 순간, 태울이 소리쳤다.

“이거 뭐지!”

반딧불이들이 사라진 곳에 웬 물체가 거북바위에 앉아 있는 것이다. 반딧불이들의 여광 때문에 그런대로 보였는데, 거북바위는 용암 표석 같았고, 앉아 있는 물체는 석상으로 보였다.

그들은 석상을 신기한 듯 잠시 쳐다보고 있다가 만져보기도 하였다. 그러다가 세르미가 석상 머리에 있는 동글한 부분에 손을 대어 만지작거릴 때였다.

"어머~!"

와락, 손이 잡히는 바람에, 세르미가 놀라 동그랗게 눈을 떴다.

"이 녀석들 잘 왔다, 크하하하~!"

누군가가 세르미의 가는 손을 잡고 껄껄 웃으며 일어났다.

"나오너라, 나의 부하들아! 나와서 이 아이들의 혼을 빼 놓아라, 크하하하~!"

껄껄한 웃음이 다시 동굴 속에 울려 퍼졌다. 그러자 바닥이 출렁거리더니 온갖 요물들이 일어서서 걸어 나왔다. 그들은 잠자리 머리에 고래의 몸, 개의 얼굴에 거대한 지네의 몸, 돼지머리에 뱀의 몸을 가진 요물들이었다. 그리고 수많은 반딧불이들이 빛 비늘로 해체된 후 다시 합체되면서 몇 명의 대원들로 나타났다.

"구슬을 사용할 생각을 아예 말아라. 그런 기미가 조금이라도 보이

면 바로 목이 날아갈 것이다. 크하하하~ .”

악몽 같은 상황에 하얗게 질린 오누이였지만 내색 않고 꿋꿋이 서 있었다. 마루보는 그런 오누이 손을 양 편으로 힘껏 잡으며 머리를 굴렸다.

‘하륵을 타고 도망가더라도, 놈들은 곧 추격해오겠지. 그래도 시도 해 보자. 동생들과 탈 수 있다면, 나중에 구슬로 승부를 걸면 되니. 그래, 구슬은, 지금 아냐!’

마루보는 위기였지만 구슬의 사용을 늦추기로 했다. 지금 상태에서 는 구슬을 꺼내자마자 바짝 붙어 있는 몽골머리 놈에게 목숨이 날아 갈 수 있었다. 구슬을 누구로부터 어떻게 알아냈는지 모를 일이었다. 하지만 지금 문제는, 이 위기 상황을 빨리 벗어나는 게 급선무였다.

공포와 징그러움에 치를 떨고 있는 오누이에게 마루보가 조용히 일렀다.

“하륵을 부르면 무조건 하륵 쪽으로 뛰어가 빨리 올라타. 나도 알 아서 올라탈 테니, 알았지?”

큰 모험이었다. 그러나 이렇게 당하나 저렇게 당하나 마찬가지였 다.

“하륵~ !”

곁에 있던 아고닉을 힘껏 밀어젖힌 마루보가 하륵을 불렀다. 이와 동시에 동생들은 하륵 쪽으로 뛰어나갔다. 그러나 웬걸, 하륵이 미동도 하지 않았다.

"난 또 뭐라고, 크하하하~ !"

그들의 연출을 알아챈 아고닉이 가소롭다는 듯 한바탕 크게 웃어 댔다.

오누이는 요물들에게 번쩍 들렸고, 마루보 역시 아고닉에게 멱살을 잡혔다. 혹시나 하였던 모험이 너무나 무모하게 끝난 것이다.

"녀석들의 주머니를 샅샅이 뒤져라!"

아고닉의 명령이 떨어졌다. 그러자 오누이의 호주머니들이 요물들의 손에 죄다 뒤집어지면서 결국 구슬 두 개가 나왔다. 마루보의 호주머니도 아고닉의 큼지막한 손이 헤집고 다니더니 세 개의 구슬이 그의 손아귀에 들어갔다.

"됐다, 이제 이놈들을 임상부에 처넣되, 실험 대기실에 감금해 둬라."

그 길로 그들은 임상부 쪽으로 끌려갔다.

반면에 아고닉은 손아귀에서 구슬들을 굴리며 뿌듯해 하고 있었다. 자르몽이 그 분위기를 놓칠새라 그에게 다가가 조심스럽게 말했

다.

"아고닉 총독님, 저의 소임을 다했으니 이제 약속을 이행해 주십시오."

"수고했다, 자르몽. 일단 실험 대기실로 가 있거라. 내 나중에 부를 테니."

임상부로 끌려가던 마루보는 자신의 귀를 의심하였다. 설마하며 고개를 돌려 하륵을 보았다. 그러자 하륵이 외계인과 말을 섞고 있지 않는가!

"저 놈들을 다 잡아들였고, 구슬들까지 바치지 않았습니까? 그런데 실험 대기실이라뇨? 혹시 저를 버리시는 건 아니겠지요?"

'아 아니, 하륵이!'

마루보는 심장이 턱 멎는 것 같았다. 오누이도 충격과 분노에 그대로 주저앉고 말았다.

실험 대기실에는 수십 명의 사람들이 있었다. 모두 공포에 질린 얼굴들이었다.

"이 노릇을 어떻허여, 닥치는 대로 잡는구나."

마루보 일행이 대기실로 내쳐지자마자 구석에 있던 누군가가 말했다.

"마루보 오빠, 저 사람은 인간이 맞을까?"

마루보 곁에 꼭 붙어 있던 세르미가 물었다.

마루보는 선뜻 대답하지 못했다. 도대체 외계인들의 변신의 끝은 어디인지 종잡을 수 없었다. 가뜩이나 하륵에 대한 충격과 구슬들을 강탈당한 허탈감에 이제 외계인이라는 소리만 들어도 온 핏줄이 퍼런 날로 설 것 같은 그였다.

"전에, 대상군님이 토박이말 시켜 보면 알 수 있다고 하셨지."

"아, 맞어."

그러고 보니 대기실에서 새어나오는 말들은 섬의 토박이말들이었다. 그래서 다행스러웠지만, 그렇다면 그들이 왜 이곳에 감금되었는지 의문스러웠다. 그것은 조금 후, 외계인들이 대기실의 한 아주머니를 끌고 나가는 바람에 저절로 알게 됐다.

"너, 이리 나와!"

외계인이 한 여자를 지목했다. 그러자 다른 외계인들이 그 아주머니에게 우르르 달려들었다.

“이 녀석들아, 차라리 날 끄성 가라!”

여자의 남편으로 보이는 사람이 두 팔을 벌려 외계인들을 막아섰다.

“어차피 넌 다음 차례에 죽게 될 테니 얌전히 기다리고 있어. 지금은 여자 눈이 급하니.”

무리 중의 한 외계인이 능글거리며 말하곤 그 사내를 발길질하며 떼어놓았다.

외계인의 말을 들은 마루보는 그제야 이곳이 안구 실험실이라는 것을 알았다. 그리고 그가 들어온 이곳이 곧 그 실험 도구로 사용될 대기 장소임을 깨달았다.

마루보는 적개심이 들끓어 오른 채 대기실 너머의 한 육각 실험실을 주시했다.

그 실험실의 침상 위엔 외계인이 누워 있었다. 그 아래론 박스가 보였는데, 시술자가 그 박스에서 뭔가를 꺼냈다. 안구였다.

도니락은 처음에 인간의 안구를 그들의 눈과 통째로 바꾸려고만 했다. 하지만 번번이 실패였다. 다른 종끼리는 물론이고 같은 종끼리라도, 눈알은 통째로 교환하지 못한다는 것을 몰랐던 것이다.

그런 후, 육지에서 납치한 안과의사의 말을 듣고서야 비로소 깨달을 수 있었다.

"각막 이식 수술만 가능하죠. 각막이란 검은자와 흰 동자의 표면을 덮고 있는 유리와 같이 투명하고 얇은 특수막이죠. 이를 통하여 밖으로부터 빛이 눈 안으로 굴절하여 들어가 망막에 도달하게 되는 거죠. 따라서 빛을 볼 수 없는 여러분들께 필요한 건 각막 전체 수술인데, 종이 너무 달라 성공을 장담할 수 없습니다."

그렇게 해서 시작된 도니락 종의 각막 수술자는 무려 수백 명에 이르고 있었다.

성공률은 극히 미미했지 아무튼 지금 역시도 실험실들의 박스에는 인간들의 안구가 채워지고 있는 중이었다. 의사들은 그 안구의 각막을 미세한 칼로 떼어 도니락 종들의 안구에 이식 수술하고.

'혹시 저건, 아주머니 안구가 아닐까? 죽일 놈들!'

한 외계인이 실험실에 들어가 박스에 안구를 넣는 걸 본 마루보가 중얼거렸다.

그럴 때였다. 임상부 입구의 벽면에 실루엣이 드리워졌다.

'뭐지?'

마루보가 퍼뜩 쳐다보니 하륵이 임상부로 완전히 들어서고 있었다.

“형, 하륵이 와.”

태울이 다가오는 하륵을 가리켰다.

“못된 놈!”

세르미가 하륵에게 눈을 흘기며 분통을 터뜨렸다.

대기실로 들어선 하륵이 그들과 동떨어진 곳에서 푹 엎드렸다. 그
것을 본 마루보는 참을 수 없는 분노가 치솟았다. 직접 찾아와 용서
의 눈빛이라도 보내는 게 마땅했다. 그런데 도리어 무시하듯 자신들
을 철저히 외면하고 있지 않은가!

“다시 보게 되는구나, 하륵! 아니, 자르몽!”

자르몽을 찾아간 마루보가 그를 노려보며 말했다. 자르몽이 자신
의 이름을 부른 것에 잠시 놀란 눈빛을 띄었다. 그러더니 이내 시들
해지며 눈길을 달리 했다.

“그래, 니놈이 얻는 대가가 무엇이야!”

대답을 듣기보다는 가증스럽게 속여 왔던 것에 대한 분노였다. 대
기실 안의 사람들이 그런 그들을 의아하게 쳐다보고 있었다. 마루보
는 거기에 아랑곳하지 않고 말을 계속했다.

“너의 외계인 종이 우리 가족과 친척을 죽인 거지! 그리고 넌, 우리
들을 이용해 이 외계인들에게 구슬을 넘기고 출세하려 했고, 어디 틀

렸으면 대꾸해봐!"

자르몽은 그래도 묵묵부답이었다. 심지어 모든 게 귀찮다는 듯 아예 눈을 감아버리는 그였다. 그러자 마루보가 마지막으로 그를 자극하는 정보를 슬쩍 흘렸다.

"내가 알기론, 다섯 개의 구슬들 중 니가 구슬의 초능력을 본 건 백록담의 구슬 뿐이다. 나머지 네 개 구슬들은 전혀 모를 꺼고, 그 구슬들의 초능력을 부릴 수 있는 건 나와 동생들뿐이란 것도 모를 꺼다. 그러니 머리털이 이상하게 생긴 놈이 구슬들을 빼앗았어도 아무 쓸모없다. 두고 보면 알게 될 꺼다."

의미심장한 말을 띄운 마루보가 등을 돌려 돌아설 때였다.

"잠깐!"

무관심으로 일관했던 자르몽이 반응을 나타냈다.

"아무 쓸모 짝에도 없다고 그랬나?"

"그렇다."

자르몽에게 마루보가 잘라 말했다.

"음, 좋아. 내가 중재자로 나서보지."

"웃기는 놈이군! 지금 다시 너를 믿으라는 말이야!"

바로 면박을 받은 자르몽은 주눅이 들기는커녕 생기가 돌았다.

“오늘의 적이 내일의 아군이 될 수 있어. 어느 곳에서든 일어나는 일이지. 내가 필요하면 말해. 이 동굴 안에서는 적어도 동지 관계가 유리할 테니.”

“미친 놈!”

그 말을 끝으로 마루보가 등을 돌렸다.

대기실의 사람들은 마루보에게 “넌 대체 누구냐?”라는 시선을 보내고 있었다.

마루보가 제자리로 돌아가는데 아까 그 남편이 와서 애원했다.

“애야, 너 참말 초능력 이시냐? 경허믄 내 마누라 좀 구해주라, 지금 아기 가졌져. 제발 청들엄쪄.”

남편은 절벽의 지푸라기라도 잡으려는 심정이었다. 조금 전 한 실험실에서 외계인이 박스에 아내의 안구를 넣는 걸 못 본 모양이었다.

“난 집에 젖먹이 이서.”

“몹쓸 병이 든 부모이신디…….

“난 오대 독자영. 혼인을 보름 앞두고 끌려왔시딘.”

사람들이 저마다 토박이말로 딱한 사정을 대며 마루보에게 매달렸다.

마루보는 그런 그들의 손을 번갈아 잡으며 그들을 진정시켰다.

"섬은, 우리 섬사람들이 꼭 지켜야 합니다. 내 목숨보다, 내 가족보다 우리들의 섬을 지킨다는 마음으로 이 고비를 이겨내셔야 합니다. 그래야 두렵지 않습니다."

마루보의 말에 사람들이 숙연해지면서 제자리로 돌아가고 있었다.

누가 언제 불려나가 목숨을 잃게 될지 모르는 실험 대기실이었다. 이곳에서 한가한 족속이 있다면 엎드려 무슨 꿍꿍이셈을 하고 있는 자르몽뿐이었다.

섬은 주민들끼리의 충돌이 자주 발생했다. 보이지 않는 힘에 의해 섬사람들끼리 반미리내와 찬미리내로 갈라서서 반목과 대립을 하고 있었다.

예컨대, 반미리내에 선 주민들은 시위는 물론이고, 전단 살포, 전주 절단, 경비서 습격 등을 일삼았다. 그리고 친미리네에 가담한 주민들은 반관 주민들을 감시하며 적발 때는 경비청에 바로 고발하는 양상을 되풀이 해 나갔던 것이다.

그런 시기의 말미였다.

어느 낮 무렵 긴급회의가 개최됐다. 미리내를 더 이상 국가기관으로 인정할 수 없다는 것이 회의 취지였다.

"정의구현을 실현하려는 민심을 수습하기는커녕, 그 민심을 불순 세력의 책동이라며 오히려 총칼로 섬을 피로 물들이고 있소. 이로 인해 무고한 주민들이 계속 희생되었소. 앞으로도 미리내의 악랄한 무력 때문에 주민들의 희생이 더 잇따를 것이오. 여기에 우리 조직은 미리내를 더 이상 공존의 지붕으로 삼지 말아야 할 것이오. 즉, 미리내를 혁명의 대상으로 전복시켜 새로운 지붕을 건설할 것을 동지들에게 제안하오."

사시 사내가 결의에 찬 의지를 보였다. 그러자 안경 낀 사내가 지지 발언을 했다.

"그렇습니다. 어진 양으로만 있다가 늘 야수에게 당할 수만은 없습니다. 이제 대중 시위의 틀에서 벗어나 우리들도 무장하여 미리내와 싸워야만 합니다. 여러분, 현실은 아주 심각합니다. 오등리의 훈장이 경비청에 검속되면서 미리내로 전향됐습니다. 그 분이 누구였습니까? 산간지대의 정신적 지주였습니다. 바로 그런 분이 하루아침에 등을 돌리는 너무나 끔찍한 현실에 처해 있습니다. 그리고 훈장의 전향으로 산간지역 조직 전체가 전면 노출됐을 겁니다. 이는 미리내가 언제든 상고대 조직을 파괴할 수 있다는 반증입니다. 따라서 미리내보다 우리가 먼저 움직여야 합니다."

안경 낀 사내의 발언이 끝나자, 주위는 팽팽한 긴장감이 흘렀다. 그러다가 곱슬머리 사내가 쐐기를 박는 발언을 했다.

"참으로 옳소. 지금 미리내의 동정으로 봐선, 앞으로 상고대의 와해는 물론 우리들의 목숨 부지도 어려운 상황이 도래될 것이오. 따라서 앉아서 기도하며 죽을 순 없잖소. 그러니 불끈 일어나 갑옷을 챙겨 미리내와 맞서야 하오. 즉, 유혈 혁명은 이제 피할 수 없는 숙명이오. 혁명합시다!"

강경 발언을 했던 축들은 죄다 도니락이었다.

그에 시락톨이 가만있을 리 없었다. 전에 검속 당한 간부들이 시락톨 종으로 교체돼 들어와 있었던 것이다.

"병력과 무기가 현저히 부족한 현재의 상태로선 무장 투쟁을 하게 되면 결국 우리 측의 엄청난 희생과 함께 얼마 못가서 백기를 들고 말 것이오. 그러니 준비없이 섣불리 강행할 것이 아니라, 우선 미리내와 충분히 협상을 한 후, 그래도 여의치 않다면 그때 가서 이 문제를 재론해도 늦지 않을 것이라 보오."

이후, 신중 세력의 지지 발언도 강렬하게 이어지고 있었다.

그리하여 후끈 달아올랐던 회의는 늦은 시각까지 결정을 보지 못한 채 끝이 나고 말았다. 그러고는 며칠 후였다. 경비 지서에 연행됐던 주민들이 고문으로 치사되는 사건이 줄줄이 발생하게 된 것이다.

그 때문에 회의 소집이 다시 이뤄졌다. 그렇게 다시 모인 자리에서 격론을 거쳐 투표를 실시하게 됐다. 그 결과 강경론 쪽으로 표가 쏠리면서 무장 혁명이 최종적으로 결정됐다. 하지만 신중론 측은 승복하지 못하고, 오히려 으름장을 놓았다.

"이 새끼들, 이건 정말 무모한 결정이야! 개죽음 당할 바에야 차라리 조직을 탈퇴하겠다!"

그건, 도니락이 기다렸던 답이었다.

"그리시오. 혁명이 그렇게 두려우면 떠나시오!"

"무식한 놈들, 오늘의 결정을 틀림없이 두고두고 후회할 것이더!"

격노한 시락톨 종과 그들을 따르는 무리들이 자리를 박차고 나갔다.

도니락 측에선 앓던 이가 쏙 빠진 셈이었다. 분명, 저 무리 중에 시락톨이 섞여 있다는 걸 알고 있는 도니락이었다.

그건 시락톨도 마찬가지였다. 강경 세력 중에 도니락이 있다는 것을 알고 있었다. 그리고 저들이 대낮에도 활동 가능한 눈을 갖게 됐다는 것도. 그렇게 서로들을 알고 있으면서도 접전을 하지 못하는 건 인간들 때문이었다. 두 종들의 전략은 인간들을 방패막으로 이용해 가면서 전력을 최대한 비축시키는 것이다. 그러다가 결정적일 때, 그 것도 가능한 인간들이 없는 가운데서 접전을 벌이는 것도 서로가 유 사했다. 인간들에게 자신들의 정체가 노출되면 그만큼 상황이 복잡 해지고, 그래서 그들의 우주 진출의 꿈도 훨씬 늦춰질 수 있는 까닭 이었다.

“하르방~!”

아고닉이 몇 번이고 구슬을 시험해 봐도 구슬의 마력은 나타나지 않았다. 바닥에 뒹구는 애꿎은 구슬만 찾기 일쑤였다. 그는 할 수 없 이 자르몽과 마루보 일행을 불러들였다.

“자르몽, 니 놈 말과 틀리잖아!”

버럭 소리 친 아고닉이 그들 앞에서 다시 시험을 해보였다. 역시 허사였다.

“감히 니놈이 나에게 사기를 쳐!”

"그건 오해입니다. 제가 알고 있는 사실 그대로를 말했을 뿐입니다. 근데 조금 전 새로운 사실을 알게 되었습니다."

그러자 아고닉이 자르몽의 고삐를 틀어잡고 말했다.

"그게 뭐냐, 빠짐없이 말해.!"

"약속한 부분을 먼저 이행해 주십시오. 그러면 일러주겠습니다."

"시건방진 녀석!"

아고닉이 주위의 경호원들에게 자르몽을 처치하라는 손짓을 내비쳤다.

"잠깐!"

함께 끌려와 있던 마루보가 불쑥 나서며 외쳤다.

"내가 비법을 일러주지. 그렇지만 한 가지만 약속해라. 자르몽과 우리들이 여기서 안전하게 나갈 수 있도록."

"오라, 아직도 이 녀석에게 연민을 느끼고 있단 말이지. 좋다. 대신 허튼 수작을 부리면 가장 가혹한 방법으로 너희 모두를 죽일 것이다."

"좋다. 그럼 구슬 두 개를 다오, 한 개는 시범용이고, 다른 한 개는 목숨 보장용이다. 선택해라."

몽골 머리를 매만지며 잠깐 망설이던 아고닉이 대답했다.

"어린 것 답지 않게 영악하군."

아고닉은 부하들을 무장시켜 마루보 주위를 둘러싸게 하였다. 황금박쥐 떼들도 마루보 주위를 집중적으로 경계토록 했다.

"자, 받아."

아고닉이 건네준 구슬은 은구슬과 청구슬이었다. 순간, 마루보는 그 구슬들의 주술을 생각하며 재빨리 계략을 세웠다.

"이 구슬은 내 동생 것이니 이 애에게 주겠다. 물론 보장용으로. 그런데 이것도 비법을 보이라고 하면 그렇게 하겠다. 비법이 구슬마다 다르니."

"맹랑한 녀석, 어디 니 뜻대로 해봐라. 니 주위가 어떻다는 걸 잊지 말고."

마루보는 아고닉의 대답을 듣고 곧바로 청구슬을 태울에게 건넸다.

"아무 걱정 말고 먼저 시범을 보이렴. 다음엔 내가 알아서 처리할 테니."

"여긴 바다가 없는데……."

태울이 우려의 눈빛으로 마루보를 쳐다봤다. 마루보가 씩 웃어 보이며 그의 등을 토닥였다.

"알았어, 형."

위안을 얻은 태울이 청구슬을 들어 보였다. 그러더니 주저 없이 허공에 구슬을 던지며 외쳤다.

"하르방~!"

태울의 주문이 동굴 속에 힘차게 울려 퍼졌다. 그와 동시에 청구슬이 입구 쪽으로 쏜살 같이 날아갔다. 아고닉은 자기가 할 때와는 달리 구슬이 입구 쪽으로 날아가는 것을 보고 일단 구슬의 주술에 매력을 느꼈다. 하지만 이어지는 현상이 없고, 눈앞에서 구슬이 금세 사라지자 이내 마루보를 다그쳤다.

"뭐야, 구슬이 왜 사라지는 거냐! 빨리 대답해!"

"구슬이 사라진 게 아니다. 동굴 밖으로 나간 거지."

"글쎄, 왜 동굴 밖으로 나가느냐 말이다, 왜!"

"궁금하거든 바다로 가봐. 엄청난 일이 벌어지고 있을 테니."

그러자 아고닉이 그 즉시 바다로 대원들을 보냈다.

"그럼, 이제 내 구슬 차례인데, 아무래도 부하들이 돌아오고 난 후에 하는게 좋겠지?"

그러자 아고닉이 받아쳤다.

"당장 실행하되, 먼저, 내가 한 것과 다른 차이점부터 설명해!"

"좋다, 잘 지켜봐라."

마루보가 침착하게 구분 동작으로 오른손 엄지와 검지 사이에 은구슬을 끼웠다.

"이게 첫 단계이다. 그리고 둘째 단계는……."

그렇게 설명을 해가던 마루보가 갑자기 하르방을 외치며 은구슬을 허공에 던졌다. 다들 허공으로 날아간 그 구슬에 시선을 둘 때였다. 동굴에는 은은한 피리 소리가 울려 퍼지고 감미로운 바람이 새어나왔다. 그러자 무장한 병사들의 무기들도 땅에 철퍼덕 떨어지고, 아고닉도 맥없이 쓰러졌다. 초음파로 최면을 피하려던 황금박쥐 무리들도 예외 없이 수면 상태로 접어들었다.

"마루보 오빠, 다 잠든 것 같아."

"형, 성공이야!"

"그래, 됐어!"

마루보와 오누이가 같이 얼싸안고 좋아할 때였다. 석주 기둥 뒤쪽에서 푸른빛이 일렁이는가 싶더니 큼지막한 형체가 나타났다.

"오빠, 저거 뭐야?"

"돌하르방 같은데……."

그들이 순간적으로 흠칫하며 본 그 형체는 영락없는 돌하르방이었

다.

"구슬의 위력이 대단하군. 허나 나를 잠재우진 못했군."

"네 정체가 뭐냐!"

잔뜩 긴장한 마루보가 소리쳤다.

"궁금하냐? 그럼 보여주지."

석주 기둥과 거의 나란한 높이로 서 있는 물체가 야릇한 손놀림을 해보였다.

"어어, 오빠, 내 몸이 자꾸 올라가~ !"

그랬다. 오누이가 서서히 공중으로 올라가고 있었다.

"나는 도니락의 생산자이자 불멸의 신이다. 알겠느냐?"

모든 고개를 넘었다 싶었는데 태산과 맞닥뜨린 셈이었다.

"내 동생들을 어쩔 셈이냐! 달랑 구슬 하나를 이겨냈다고 큰 소리 치는 네깐 녀석이 무슨 불멸의 신이란 말이냐!"

마루보는 시간을 벌어들일 작정으로 라울의 심기를 자극했다.

"가소로운 것, 나보다 강한 것은 없다! 있다면.증명해 봐라! 너희들 목숨을 살려 줄 수도 있으니!"

아니나 다를까, 마루보의 재치로 라울이 동요되고 있었다. 하지만 그 때문에 오누이가 공중에서 갑자기 회전하고 있었다. 그것을 본 마루보는 서둘러 아고닉에게로 가서 세 개의 구슬을 되찾아 왔다. 그러고는 그 중 주홍구슬을 얼른 허공에 던지면서 주문을 걸었다.

"하르방~!"

허공에 있는 구슬의 빛 싸라기가 순식간에 마루보를 빨아 당겼다.

어느새 구슬 속으로 들어간 마루보가 돌하르방 분신들을 생산해 내고 있었다. 조금 후, 분신들이 오누이를 중심으로 원형 보호막을 만들며 라울에게 눈의 광선을 뿜어댔다. 그러자 허공에서 회전하고 있던 오누이가 서서히 멈춰지더니, 이윽고 바닥으로 사뿐히 내려왔다.

이에 크게 당황한 라울이 변신을 서두르며 말했다.

"제법이군. 하지만 끝장을 내주지!"

날개 달린 거대한 거미로 변한 라울이 동굴 밖으로 날아갔다. 주홍구슬이 곧 그 뒤를 쫓았고, 수많은 분신들도 줄줄이 주홍구슬 뒤를 따랐다.

어둠의 싸움이 시작됐다.

헤아릴 수 없는 거미 다리들이 전방위로 뻗어 분신들을 휘감았다. 거미의 진득진득한 실들은 여기저기 그물망처럼 퍼지면서 주홍구슬 앞까지 넘실대었다.

이에 문신 해울들은 주홍구슬을 방어하면서 라울의 급소를 찾는데 주력했다. 무신 야울들은 주위를 어지럽게 날아다니며 대형 거미를 향해 몸 구멍마다에 강력한 광선을 쏘아댔다.

분신들의 의외의 공략에 거미줄들이 찢겨 나가고 다리들이 동강나고 있었다. 몸체의 곳곳에도 심한 부상을 당해 붉은 피를 흘리고 있었다.

하지만 라울의 반격도 만만찮았다. 비장의 무기인, 거미 입에서 내뿜는 빛 비늘로 많은 분신들이 산산조각나고 있었다.

밀고 밀리는 심야의 접전은 계속됐다.

야울들은 거미를 교란시키며 다리와 줄들을 절단했다. 일부 해울들은 원추형으로 구축하여 회전하며 주홍구슬을 방어했다. 나머지 해울들은 거미가 휘감으려 다리들을 뻗을 때마다 열리는 몸통에 사정없이 광선을 날렸다. 철강 같은 다리에 감긴 해울들이 어딘가 날아가 박살나고 있기도 했지만, 거미 몸통을 공략함으로써 전세는 유리해져가고 있었다.

'놈, 약점을 알고 덤비는군!'

라울은 쑤셔오는 고통을 안은 채 주홍구슬을 아예 공중분해 시키기로 했다. 투명하고 거대한 날개 짓을 저어 여러 방향에서 빛 비늘들을 날렸다. 하지만 원추형 회전을 하고 있는 해울들의 방어벽에 다 튕겨져 나오고 말 뿐이었다.

'의외로 센 놈을 만났군!'

라울은 결국 새로운 변신을 꾀할 수밖에 없었다. 그렇게 막 변신을 시도할 때였다. 허겁지겁 동굴 밖으로 오누이가 뛰어나오고 있었다.

"안 돼, 들어가 있어!"

주홍구슬 속의 마루보가 외쳤지만 그들의 귀에 들릴 리 없었다.

'엉? 먹잇감이군!'

라울이 기회를 놓칠 리 없었다. 즉시 두 다리를 뻗어 오누이를 각 각 휘감았다.

그러고는 붕 떠 있는 오누이를 원추 회전체에 들이댔다.

그것을 본 마루보가 경악하며 주문을 외쳤다.

'하르방~!'

염력을 멈출 수밖에 없었다. 오누이를 잃을 수는 없는 노릇이었다.

회전체가 멈춰지자 원추 속의 주홍구슬이 드러났다. 그 구슬 속에 비친 마루보의 표정은 암울 그 자체였다. 그것도 잠시였다. 대형 거 미가 저 멀리 오누이를 내치는 것이 보였기 때문이었다.

아연질색한 마루보가 본능적으로 주문을 외쳤다. 그러자 야울들이

전광석화처럼 날아가 오누이를 가뿐히 낚아채 안전한 곳으로 내려 놓았다. 그 순간이었다. 그 틈을 노린 거미가 그물망을 뻗어 주홍구 슬을 단박에 포획한 후 날름 삼켜버렸다.

느닷없이 거미 몸통 깊숙이 들어가 버린 마루보였다. 어떻게든 그 곳을 빠져나오려 안간힘을 썼지만 불가항력이었다. 분신들은 죄다 밖에 있고. 자신은 이중으로 갇혀버리게 된 셈이었다.

다급해진 마루보는 분신들에게 계속해서 거미 몸통 안쪽 부분을 공략케 했다. 그리고 자신은 이리저리 거미 몸속을 헤집다가 불현듯 거미줄이 나오는 출구가 떠올라 그 방향으로 구슬을 굴렸다.

몸통에 집중 공격을 받고 있던 라울은 야울들을 먼저 포획할 요량 이었다.

투명한 날개 짓으로 더 높이 공중에 오른 거미는 뱃속 실샘에서 액 체를 한꺼번에 만들어 냈다. 그러고는 배의 꽁무니에 있는 실젖들을 통해 뿜어냈다. 순간, 밖으로 나온 하얀 액체가 엄청난 수효의 그물 망으로 변하면서 사방의 야울들을 포획해버렸다.

라울이 성가신 야울들을 거의 다 잡아 접전이 끝났다고 생각할 때 였다. 여덟 개의 거미 눈들이 죄다 한 쪽으로 쏠렸다.

"어엉?"

삼켜버렸던 주홍구슬이 버젓이 허공에 떠 있고. 좌충우돌하던 야울들의 공격도 다시 살아나고 있는 게 아닌가.

"아니 대체 어떻게 빠져나왔느냐!"

라울이 궁금하다 못해 소리쳤다. 그러다 퍼뜩 생각해 보니, 자신의 실수였음을 깨달았다.

'이런, 내뿜은 그물망에서 빠져나올 줄이랴!'

라울은 정녕 몰랐다. 다 잡은 기세였는데 방심 탓에 전세가 다시 불리해진 그였다. 미뤘던 변신을 다시 시도해야 할 처지가 된 것이다.

반면에 운 좋게 밖으로 나온 마루보는 이번 판에 끝장을 볼 참이었다.

"하르방~!"

그러자 주홍구슬 속에 있던 흑구슬이 빠져나왔다.

양면 공격이 시작됐다. 주위의 수많은 돌들이 대형거미의 머리통을 향해 날아갔다. 동시에 분신들은 연신 배 안쪽을 괴롭혀 나갔다.

그런 동시다발적인 공략에 라울이 점점 무기력해져가고 있었다. 자칫하다간 여기서 무너질 수도 있었다. 구슬의 위력을 너무 얕본 것이 라울의 실수였다. 따라서 지금은 승부욕에 집착하는 것보다 훗날

을 기약하며 일단 피해야만 했다.

"이 꼬맹아, 운 좋은 줄 알거라! 다음번엔 반드시 처치해주마!"

상처투성이인 대형 거미가 날개 짓 하며 어디론가 사라지고 있었다.

주홍구슬 속에서 밖으로 나온 마루보는 한숨 돌릴 시간마저 없었다. 바다로 나간 병사들이 돌아오는 중이었던 것이다.

"애들아, 빨리 피하자!"

마루보는 대기실 섬사람들이 어른거렸지만 와락 달려오는 오누이와 같이 또다시 정처 모를 곳으로 길을 재촉해야만 했다.

제주도 돌 하르방(문관과 무관들)

동녘 벌판의 대혈투

어느 새벽 날이었다. 섬 북부 쪽 경비서 상공에 떠도는 괴물체들이 보였다. 그것은 상반신은 인간이고, 하반신은 빛 무리로 덮여 있는 문어발 모양이었다.

그 즈음이었다. 중산간지대의 오름마다에는 봉화가 타올랐다. 그러자 괴물체들이 때를 기다렸다는 듯 제각기 초강력 광선을 수십 군데의 경비서를 향해 일제히 발사했다. 순간, 엄청난 폭음과 함께 경비서 건물들이 주저앉았고, 이에 놀라 밖으로 뛰쳐나온 경관들이 괴물체에서 발사된 빛 비늘에 의해 고꾸라지고 말았다.

강경파의 혁명이 시작된 것이다.

그들은 원활한 무장활동을 위해 이른바 혁명대를 조직했는데, 혁명대는 유격대, 특경대로 조직돼 있었다. 그리고 특경대는 도니락 20 명으로 구성되었고, 바로 이들이 각 경비서를 먼저 공략했던 것이다.

무장한 유격대는 특경대의 뒤를 이어 경비서를 습격해 각종 무기를 탈취했다. 또한 반대편에 서서 자신들을 탄압했던 단체들뿐만 아니라 그 간부들의 집까지 급습해 많은 사상자를 냈다.

그로써 시락톨과 도니락의 전면전은 불가피하게 되고 말았다.

"뭐야!"

아침나절에 백쉬르로부터 무장봉기를 보고받은 울프가 모자를 집어던지며 소리쳤다. 그때 경비청장실로 허겁지겁 들어오던 버킬이 상황을 직감하고 그 모자를 주우며 말했다.

"울프 성주님, 이 사태를 어떻게 조치하실는지요? 치안 상황으로 간주하시겠습니까? 아님, 도니락의 선전포고로 간주하시겠습니까?"

갓을 쓰고 검은 두루마기 차림인 버킬이 턱 수염을 쓰다듬으며 대답을 기다렸다. 모자를 반듯이 다시 쓴 울프는 망설이는 듯했지만, 그의 눈은 이글이글 타오르고 있었다. 그러자 답답하였던 백쉬르가 매부리코를 한번 만지고는 대뜸 결론을 내렸다.

"아직은 치안 상황이요. 해안지대의 경비서들은 한군데도 습격당하지 않았으니, 안 그렇습니까 울프 성주님?"

"그럼 경비서가 습격당할 때까지 두고만 보자는 말이야, 이 맹추 같은 놈아!"

"그런 게 아니라……."

"시끄러워!"

둘의 이야기에 잠자코 턱 수염만 쓰다듬고 있던 버킬이 의견을 내놓았다.

"울프님, 먼저 대성주의 자문을 구하기로 하죠. 그런 다음, 대응 수위를 정하는 게 순서일 것 같습니다. 섣불리 대응하였다간 도니락의 계략에 말려들 수 있으니……."

"그래 옳아, 내 생각 같아선 당장 중산간지대를 불사르고 싶지만 말이야!"

울프의 관자놀이에 시퍼런 힘줄이 불거져 나오는 게 보였다. 그런 그가 그 즉시 본토의 대성주와 직통으로 연결된 전화기를 들었다. 그러고는 새벽녘 사태의 상황을 상세히 보고하고 대성주의 조치를 기다렸다.

"이번 사태를 도니락의 도전으로 간주하라. 이에 따른 대응 전략을 우선 간단히 이르마. 타 지역과의 해상 교통을 일제히 차단하라. 그리고 중산간지대를 폭도들의 반란 지역으로 공포하고 초토화시켜라!”

대성주의 입장은 비양도에서 보였던 그 의지처럼 확고했다.

“그리고 울프!”

“예, 대성주님.”

“지난 번 펄낭에서 자네에게만 특별히 지급한 제복을 이번 기회에 사용해도 좋다.”

“알겠습니다, 대성주님!”

그 제복이란 이러했다. 그들은 대성주의 지시로 우주 진출을 위해 본토에서 극비로 비행물체를 개발하고 있던 중이었다. 그런데 갑작스런 도니락의 출현으로 그 개발이 잠시 보류됐다. 대신 도니락과 맞설 무기를 찾던 중, 급히 우주 개발 기술을 응용해 첨단 무기가 장착된 제복을 제조하게 된 것이다.

아무튼 대성주의 의지를 다시 확인한 그들은 당장 전시체제로 돌입했다.

얼마 후, 중산간지대는 피바람이 일었다.

시락톨의 토벌대는 진압에 앞서 먼저 중산간마을에 소개령을 내렸다. 혁명대 편에 서지 않은 주민들은 조속히 해변 마을로 내려오라는 명령이었다. 만약 내려오지 않는다면 죽음도 각오하라는 내용의 섬

뜩한 의미가 포함돼 있었다. 이는, 중산간지대 마을의 모든 주민들이 혁명대의 편에 서 있다는 걸 전제한 학살 계획이었다.

아무튼 이 소개령을 전달받지 못한 마을이 더러 있었고, 혹은 채 전달받기 전에 진압대가 들이닥쳐 집이 불 태워지고, 총기 난사로 마을 주민들이 무참히 희생되기도 했다. 가까스로 목숨을 건진 주민들이라도 겁에 질려 해변 마을로 내려가지도 못한 채 산간지역을 맴돌다가, 결국 토벌대에 발각되어 죽고 말았다.

"혁명대에 편의를 제공한 주민들이라도 순순히 자수하면 살려 주겠다."

토벌대는 이런 전단을 뿌려놓고 주민들이 모여들면 바로 총살해버렸다. 그리고 소개령을 믿고 해변마을로 내려갔던 주민들도 호적의 구성원 중 한 명이라도 비게 되면 혁명대 편으로 몰아세워 그 가족들을 학살하기 일쑤였다. 소위 대살(代殺)이었다.

피는 피를 불렀다.

도니락의 혁명대는 토벌대의 공세가 워낙 살벌하자 근거지를 더욱 산중 깊숙이 옮겼다. 그런 후 어둠을 틈 타 변신한 특경대들이 해변마을을 기습하여 가옥을 불태우고 주민을 총살하는 일들을 서슴지 않았다.

양 진영간에 이런 피비린내는 방화와 살육의 연속으로, 중산간지대는 거대한 잿더미로 변해가고 있었다. 그리고 해변지대는 혁명대의 습격을 막기 위해 마을마다 돌담을 둘러 성을 쌓아가고 있었다.

섬은 철저하게 분열되고 있었다. 그러나 섬사람들은 왜 이웃들이 총살당해 산구덩이에 처박히는지, 백사장에 매장되는지, 벌판에 버려지는지도 까마득히 몰랐다. 그들은 다만, 이 처절한 공포 속에서 오직 본능적인 생존만 생각할 따름이었다.

"너희들 이리 나와!"

한 험악한 경관이 어느 학교 교실에 수용되어 있는 주민들 중 세 아이를 지목했다. 오등리에서 토벌대에 붙잡혀온 아이들이었다.

경관은 수용소에서 데리고 나온 아이들과 같이 운동장 지휘대로 갔다.

"바로 이 아이들입니다."

아이들의 차림이나 몰골이 산거지나 다름없었다. 하얀 제복 허리띠에 번뜩이는 권총을 차고 있는 사람이 그런 아이들을 유심히 바라

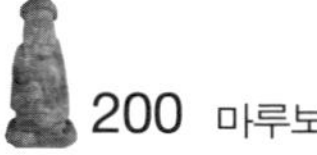

보았다. 그러고는 빙그레 웃으며 물었다.

"너희들 전에 날 본 적 있지?"

"……."

"음, 꼴이 말이 아니군. 이봐, 아이들 단장시켜 본부실로 다시 데리고 와."

명령이 떨어지자마자 아이들이 경관에 의해 어느 곳으로 갈 때였다. 갑자기 여러 발의 총성이 울리면서 여기에 주둔해 있던 군대의 군인들 몇몇이 쓰러지고 있었다. 혁명대의 습격이었다.

바로 반격이 이어지면서 살벌한 전투가 시작됐다. 총알이 빗발치는 가운데 교실 유리창들이 박살나는가 하면, 목재 건물들이 순식간에 벌집처럼 돼버렸다. 교실에 수용돼 있는 사람들은 와들와들 떨며 바닥에 납작 엎드려 있었다.

시간이 흐를수록 혁명대의 화기가 약화되고 있었다. 때를 잘못 선택한 것이다. 비상시국인 만큼 이곳으로 온 경비청장을 경호하기 위해 경비 중대가 수행한 것이다. 거기다가 군대의 한 중대도 주둔하고 있어 당연히 수적으로나 화기로서도 열세 일 수밖에 없었다. 결국, 학교에 요동쳤던 총성이 잦아들더니, 혁명대는 자신들의 동지들 수십 명을 잃곤 겨우 몇몇만 퇴각하고 말았다.

"수용자들은 모두 적군이다! 이놈들을 구하러 여기를 공격하였으니 남녀노소 가릴 것 없이 모조리 사살하라!"

본부실로 불러들인 군 중대장에게 하얀 제복의 경관이 명령했다.

"저 아이들도 포함됩니까?"

중대장이 창 쪽에서 서로 손을 잡고 나란히 서 있는 세 아이를 가리켰다.

"아니다. 내가 여러 수용소들을 시찰하는 건 바로 저 아이들을 찾기 위해서였다."

"알겠습니다. 즉시 시행하겠습니다."

중대장이 거수경례를 하고 나가자, 하얀 제복이 세 아이들에게 다가갔다.

"아직도 내가 누군지 모르겠어?"

극도의 불안과 긴장의 연속에 놓여 있는 아이들이었다. 그렇다고 빛처럼 선연히 남아있는 기억마저 상실한 건 아니었다.

"새별 오름에서 적색마를 주신 분입니다."

태울이 또박또박 대답했다.

"오, 용케 기억하는구나. 근데 적색마는?"

"……."

"왜 대답들이 없지?"

"헤어졌습니다."

"언제, 어디서?"

"언제인지는 기억이 어렴풋하지만, 둔지 오름 쪽 용암동굴에서 헤어졌습니다."

"음, 용암 동굴이라……."

마루보 대답에 하얀 제복이 뭔가 골똘히 생각하더니 다시 물었다.

"왜 헤어졌느냐?"

"갑자기 동굴 속에 달려 들어간 적색마가 나오지 않았습니다. 며칠 동안 동굴 속에서 기다렸어도 적색마가 나타나지 않았습니다."

"그래, 바로 거기다!"

하얀 제복이 주먹을 불끈 쥐었다. 그런 그의 얼굴에는 절제된 희열이 번지고 있었다.

그때였다. 노크 소리가 들리더니 곧 갓을 쓴 할아버지가 들어왔다. 순간, 눈을 휘둥그레 뜬 세 아이의 심장이 벌렁거렸다. 오등리 훈장이었던 것이다.

훈장이 하얀 제복과 무언의 시선을 주고받는 것 같았다. 그러더니 이내 아이들을 살갑게 반겼다.

“녀석들아, 너희들을 찾아 이 할아버지가 얼마나 헤맸는지 아느냐?”

“할아버지~ .”

팔을 한껏 벌린 할아버지 품속으로 세르미가 먼저 파고들었다. 뒤이어 엉거주춤 해 있던 마루보와 태울도 얼른 할아버지 품속으로 안겼다.

“오, 그래. 살아 있어서 정말 고맙다.”

그렇게 서로간의 상봉이 있을 때였다. 운동장 쪽에서 총성이 울려 왔다. 불길한 예감이 들었던 마루보가 창 밖으로 시선을 뒀는데 그 예감은 빗나가지 않았다.

군인들이 수용자들을 운동장 한복판에 집결시켜 놓고 사격 연습하듯 그들에게 난사하고 있었다. 노인들은 그 자리에서 피를 튀기며 나뒹굴고, 아이들은 도망가다 고꾸라 지고, 젖먹이를 안은 아낙은 군인들에게 애원하러가다 총탄 맞아 쓰러졌다. 오등리 마을에서 같이 사냥도 하고 공부도 함께 했던, 조금 전까지만 해도 수용소에서 이야기를 함께 나눴던 그 벗들도 무참히 사라지고 있었다.

마루보는 자기도 모르게 주머니에 손을 넣었지만, 차마 구슬을 꺼낼 수는 없었다. 그런 그의 눈가에는 눈물이 그렁그렁 고여 있었다.

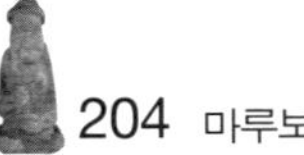

"그래, 너처럼 나도 가슴이 미어진단다. 너의 친구고 나의 제자들이니. 하지만 할 수 없단다. 저들은 반동분자들이니. 내가 조금만 늦었어도 우리 손자들도 저리 될뻔 했구나."

훈장이 마루보의 더벅머리를 쓰다듬으며 위로했다.

"훈장님, 손자들 모습이 말이 아니니 우선 단장부터 시켜 놓읍시다. 세면장 가려다가 조금 전 전투 때문에 여기로 바로 왔으니……."

"허허, 알겠습니다, 청장님."

그 길로 그들은 본부실을 나와 임시로 마련되어 있는 세면장으로 향했다. 그들이 빠져나가자 본부실에 남아있던 울프와 버킬의 밀담이 이뤄졌다.

"버킬, 고생하여 아이들을 찾은 보람이 있었다. 자르몽이 둔지 오름 쪽 동굴에 있다. 따라서 도니락 생태나 여러 정황으로 봐서 그 동굴이 도니락의 기지로 판명된다. 우리가 아무리 중산간지대의 혁명대를 이 잡듯이 뒤져도 궤멸할 수 없었던 건, 바로 도니락의 병력 보급 때문이 아니었던가. 그래서 자르몽과 아이들의 사살 명령을 거두고 이렇게 직접 녀석들을 찾아다닌 거구. 이제 중산간지역의 병력을 대폭 축소하고 승부수를 띄워 끝장을 내야 할 시점인 것 같다."

"우선 대성주님께 재가를 받으셔야 안 되겠습니까?"

“물론이다. 대성주님도 같은 견해이실 것이다.”

“그럼 공세 시점과 전술, 전략을 제가 직접 챙겨 상신하겠습니다.”

“좋다, 그렇게 해라.”

“참, 저 녀석들은 어떻게 처리할까요?”

“우리 정체를 전혀 눈치채지 못하고 있는 것 같으니, 당분간 곁에 두고 여러모로 이용하는 게 좋겠다.”

“저도 동감입니다, 처음엔 죽이려고 했지만.”

버킬과 울프의 밀담은 아이들의 단장이 끝나고 나서도 계속되었다.

단장이 끝난 아이들은 바로 천막이 드리워진 급식소로 안내되어 식탁에 앉았다. 그리고 특별히 마련된 것으로 보이는 감태 굴국밥과 김치가 식탁에 놓였다.

말없이 국밥을 입에 떠 넣는 그들은 하나같이 눈물을 뚝뚝 흘리고 있었다. 친구들과 이웃 사람들이 방금 전 죽어나갔는데 자신들은 버젓이 살아 식사를 하고 있다는 죄책감 때문이었다.

“세르미, 아까 일 잘했다. 난 그 놈이 들어올 때 너무 당황했는데……”

세르미가 훈장의 품에 재치 있게 안긴 것에 대한 마루보의 칭찬이

었다.

"형도 잘했어. 동굴을 알려준 거."

"그래, 이게 다 오빠가 우리에게 미리 말해 준 것 때문이야."

그랬다. 마루보가 용암동굴에서 나와 바로 오등리로 왔던 것도 일종의 자신감 때문이었다. 자르몽의 정체가 용암 동굴에서 드러나면서 이 섬에는 외계인이 두 종이 있고 서로 대적한다는 것을 알았다.

그렇다면 만약 훈장과 숙부들을 다시 만나게 되더라도 두려울 게 없었다. 시락톨이 자르몽에게 그토록 얻고자 하였던 도니락의 근거지를 알고 있었으니. 다만, 그들이 외계인이라는 사실을 모른 체 행동한다는 것이 여간 고역이 아닐 수 없었다. 하지만 그들을 그렇게 완벽하게 속여야만 자신들이 안전할 수 있고, 외계인에게 이 섬을 빼앗기지 않는 일이었다. 그래서 이런 상황들을 수시로 오누이에게 말해 두면서 머릿속에 새기게 했던 그였다.

도니락 종은 이래저래 위기 상황에 직면해 있었다. 시락톨의 중산간지대 초토화 작전으로 전세가 악화 일로였다. 그리고 부하들은 모르고 있었지만, 그들의 생산자 라울은 마루보에게 일격을 당한 후 큼지막한 돔형 유리관 속에서 나오지 않고 있었다. 자연히 아고닉이 라울을 대신하여 시락톨과의 싸움을 총지휘하였지만, 결과는 늘 전력만 소모될 뿐이었다.

"이츄~ 이리 왓!"

아고닉이 석주기둥 쪽에서 내려와 소리쳤다. 저 만치 떨어져 있던 이츄가 냉큼 달려와 그 앞에 섰다.

"너 이 자식, 나를 말아먹으려고 작정했지!"

"잘못했습니다, 아고닉 총독님!"

그레쉬, 푸시앙, 퍼블이 차례로 제거 당하는 속에서도 용케 살아남은 정찰부 사령관 이츄였다. 아직도 대머리인 채로 있는 그는 아고닉 앞에서 바짝 긴장하고 있었다.

"인간들이 머저리면 너희들이라도 전투를 잘해야 할 거 아냐!"

아고닉이 몸에 빛을 내면서 이츄의 정강이를 걷어찼다.

"자르몽, 녀석들이 어디 있다고?"

"가 보면 아실 겁니다."

마루보와 오누이가 사라진 탓에 자르몽을 살려뒀던 아고닉이었다. 녀석들을 찾아내는데 아직 이용 가치가 있어서였다.

“이번이 너에겐 마지막 기회다! 만약 아니라면, 널, 즉살하겠다. 가자!”

아고닉이 자르몽의 등에 훌쩍 뛰어올랐다. 자르몽은 목숨을 부지하기 위해 녀석들의 은신처를 안다고 말했지만, 어차피 죽을 목숨이니 시간을 벌자는 속셈이었다.

아고닉을 태운 자르몽이 동굴 입구로 몸을 틀 때였다.

“시락톨의 기습이다!”

동굴 입구에서 전투부 대원들의 다급한 소리가 울렸다.

“총독님, 우리 진영을 알아냈나 봅니다.”

“이 놈들이 여기가 어디라고 감히!”

“어서 명령을 하달해 주십시오.”

경호대장이 재촉했다.

“하달한다. 공격신호가 있을 때까지 모두 바닥의 돌로 변신하여 대기해라!”

자르몽 등에서 뛰어내린 아고닉이 말했다.

아고닉의 명령이 부하들에게 전해졌다. 그러자 저마다 삽시간에 해체되더니 바닥의 돌 형상으로 자리들을 잡았다. 아고닉은 석주 뒤편의 천장에 매달려 있는 황금박쥐로 변해 그 무리와 섞여 있었다.

“샅샅이 수색하라!”

동굴 입구에서 시락톨의 백쉬르가 무장한 정찰 분대를 우선 들여보냈다. 제법 시간이 흐른 후에도 그들은 별 다른 낌새를 발견하지 못한 채 석주기둥 뒤편인 임상부 실험실 쪽으로 접근하고 있었다. 그때였다.

어디선가 휘파람 소리가 들려왔다.

“아니 저것들은 황금박쥐 아냐!”

갑자기 몰려드는 황금박쥐무리에 시락톨의 누군가가 외쳤다. 하지만 이미 때는 늦어버렸다. 황금박쥐들의 살상용 초음파에 의해 울부짖으며 죄다 고꾸라지는 그들이었다. 그들의 접근은 거기까지였다.

한편, 그 소란한 틈을 타 자르몽이 잽싸게 동굴 입구로 줄행랑을 치고 있었다.

“아니 저놈이 끝까지!”

자르몽을 발견한 아고닉이 소리쳤다. 그러나 워낙 질풍처럼 달려나갔던 터라 그도 어쩔 수 없었다.

발각은 이제 시간 문제였다. 시락톨의 전투 부대까지 동굴로 죄다 끌어들여 협공으로 몰살시킬 전략이었으나 자르몽으로 인해 수포로 돌아가고 말았다.

다시 몽골머리 모습으로 변신했던 아고닉이 돔형 유리관으로 가
무릎을 꿇었다.

"라울님, 하명해 주십시오."

잠깐 침묵이 흘렀다. 그런 후 유리관이 스르르 열리더니 푸른 돌하
르방이 드러났다.

"여기는 나만의 성역이다. 동굴 밖의 애송이 놈들부터 전멸시켜라!
그런 후 대반격을 할 것이다. 이 라울이 직접 진두지휘할 것이다. 가
라!"

그 길로 아고닉은 모든 부하들에게 전투 명령을 내렸다.

"때가 되었다. 지금부터 모든 빛을 허용한다. 우리 도니락이 최고
의 진화자임을 만방에 입증하라!"

"도니락이여, 영원하라! 영원하라!"

발칵발칵 일어난 바닥의 형상들이 우렁차게 외치며 동굴 밖으로
내달았다.

그럴 즈음이었다.

"돌격하라!"

동굴 밖 저만치에서 대기했던 백쉬르 역시 총공격 명령을 내리고
있었다. 동굴에서 뛰쳐나온 자르몽을 보았던 터였다. 또한 정찰 대원

들의 복귀도 늦어지고 있었던 터라, 이 동굴이 도니락 진영임을 확신

했던 것이다.

두 종족의 사투는 시작됐다.

무장한 시락톨 군사들은 동굴에서 쏟아져 나오는 괴물들을 향해

기관총으로 난사했다. 거대한 괴물들은 빗발치는 총탄에 맞아 몸이

떨어져나가도 시락톨 병사들을 잡아다 내동댕이를 쳤다. 죽기를 각

오한 괴물들은 몸을 해체시켜 빛 비늘로 시락톨 병사들을 사살하곤

자신들의 생명도 끊었다. 잠깐 어두워진 허공에서는 황금박쥐 무리

가 어지럽게 비행하며 매복해 있는 시락톨 병사들을 찾아 초음파를

난사했다.

거침없는 도니락의 맹공에 시락톨의 전세가 점점 불리해지고 있었

다.

"지원군이 곧 당도할 것이다. 시락톨이여, 끝까지 버텨라!"

초조해진 백쉬르가 악다구니 쳤지만, 시락톨은 점점 벌판 쪽으로

밀려나가고 있었다. 반면에 도니락은 그 여세를 몰아 나가면서 아고

닉까지 합세했다.

드넓은 벌판 쪽으로 달려 나간 아고닉이 공중으로 뛰어오르며 변

신을 시도했다. 곧 검은 망토를 걸친 괴물 하나가 공중을 가득 채웠

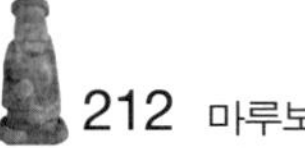

다. 얼굴은 코뿔소 형상이었고, 몸통은 북극 백곰이었다. 이 괴물의 입에서는 시뻘건 불을 뿜고 있었다. 그것은 곧장 벌판으로 도망가던 시락톨 병사들을 향해 불기둥으로 날아가 그들 대부분이 타 죽거나 녹아내렸다. 요행히 피한 병사들은 날카롭고 긴 코에 어김없이 찔려 죽어나갔다. 그야말로 아비규환이었다.

"지원군이다!"

그렇게 비참히 당하고 있을 무렵 시락톨 한 병사가 외쳤다. 아군의 북소리가 들렸던 것이다.

"울프 성주님이 오셨다. 모두 다시 힘을 내라!"

백쉬르가 감격에 겨워 병사들에게 외쳤다. 그리고 잠시 후 또 외쳤다.

"저 하늘을 봐라, 울프 성주시다!"

그랬다. 백색 제복의 울프가 공중에 떠올라 괴물과 마주하고 있었다. 그리고 그는 일전의 대성주의 지시대로 첨단 전투 장치를 한 제복을 입은 채였다.

"네 놈이 대성주더냐!"

"하찮은 것, 네깐 놈을 상대하는데 굳이 대성주가 나설 수 있겠나!"

“저승길을 재촉하는 놈, 빨리 그 저승길로 보내주마!”

입을 한껏 벌린 괴물 아고닉이 먼저 불기둥을 날렸다.

울프는 재빨리 제복의 제일 위쪽 단추를 눌렀다. 순간, 울프가 사라졌는가 싶더니 어느새 괴물 뒤에서 둘째 단추를 누르고 있었다. 그러자 날아간 날카로운 독침 하나가 무수히 많은 독침으로 변해 괴물의 등짝에 꽂혔다. 괴물이 울부짖으며 고통으로 요동쳤다. 이를 놓칠새라, 울프가 괴물의 정면에 나타나, 이번에는 코뿔소처럼 생긴 입을 겨냥하여 세 번째 단추를 눌렀다.

“핑~.”

하나의 파르스름한 알이 그 입 속으로 쏜살같이 날아갔다. 그것은 괴물 입 속에서 터지면서 무수히 많은 작은 알갱이들을 생산해냈다. 그리고 그 알갱이들은 괴물의 혀를 녹여나가면서 목울대를 타들어가게 했고, 몸 깊숙한 곳마저 너덜너덜 녹여버렸다.

“으아악~!”

“우하하하~ ! 이놈, 넌 내 적수가 안돼!”

울프가 단말마 비명을 내지르는 괴물을 보며 소리쳤다.

체통이 구겨진 아고닉이 변신을 시도했지만, 몸 내부의 손상이 너무 컸다.

양 진영은 수장들의 공중전을 지켜보면서 그네들끼리의 전투도 그치지 않았다. 그러다가 전투가 소강 국면에 놓였을 땐 홀연히 공중에 나타난 푸른 돌하르방 때문이었다. 라울이 전면에 나선 것이다.

라울은 염력의 손놀림으로 죽음 직전인 아고닉을 동굴로 날려 보냈다.

"넌 또 뭐하는 놈이야!"

울프가 불현듯 나타난 적에게 소리친 후 바로 독침을 날렸다. 이에 라울이 대패랭이 모자를 부드럽게 날렸다. 그러자 모자가 곧 큼지막한 우산으로 펼쳐지면서 무서운 회전력으로 쏟아지는 작은 독침들을 너끈히 받아냈다. 뿐만 아니라 그 독침들을 울프에게 고스란히 되돌려주는 반격을 가했다.

"허억~!"

벌판을 갈라놓는 듯한 울프의 비명이 들렸다. 그리고 하얀 제복에서 떨어지는 검붉은 피와 함께 울프도 벌판으로 추락하고 있었다.

"울프가……."

시락톨의 대성주가 고개를 떨어뜨렸다.

버킬을 대동한 대성주는 저 멀리 다랑쉬 오름에서 그 전투를 지켜보고 있던 중이었다.

“대단한 놈이군요. 저 놈이 도니락의 생산자임이 틀림없습니다!”

하얀 턱수염을 쓸어내리며 버킬이 말했다. 그러자 툭 튀어나온 이마를 손으로 한번 지그시 누른 대성주가 버킬에게 조용히 일렀다.

“버킬, 만약 내가 잘못된다 하더라도 넌 나서지 말라. 우리 종의 후일을 도모해야 하니, 알겠나?”

“대성주님, 차라리 퇴각하여 다음을 기약하시는 것이…….”

“아니다, 지금이다. 내가 지금 전세를 역전시키지 않으면 또 얼마나 많은 세월을 그 캄캄한 심해에서 보내야 할지 모를 일이다. 버킬, 자넨 꼭 살아남아 시락톨 종족을 보전하라. 그럼, 부탁한다.”

청색 제복의 대성주가 자신의 오른쪽 손목에 붙어있는 동그란 단추를 눌렀다. 그러자 발밑에서 가스가 폭발적으로 분출되었다. 공중으로 붕 치솟은 대성주는 그 단추를 계속 누른 채 몸을 기울며 라울을 향해 질풍처럼 날아갔다.

하얀 두루마기를 입은 버킬 뒤쪽으론 마루보와 오누이가 나란히 서있었다.

“할아버지, 저 쪽 하늘에서 일어난 싸움도 그렇고, 대성주란 분이 하늘로 갑자기 날아가는 것도 그렇고. 이게 대체 어찌 된 일이예요?”

세르미가 깜짝 놀란 척하며 물었다. 그건 태울도 마찬가지였다.

"저도 믿기지 않아요. 할아버지를 버킬이라 부르는 것도."

"이담에 일러줄 테니 그리들 알거라. 그리고 너희들은 여기 있거라."

성가신 듯 말한 버킬이 흰 두루마기를 휘날리며 부하들과 오름을 내려갔다.

그때였다.

오름 아래의 저 멀리서 말 한 마리가 보였다. 싸움터의 반대방향인 서편으로 질주하고 있었다.

"오빠, 저 말 하륵 아냐?"

"맞아, 자르몽 놈이! 놔두자, 곧 죽을 놈이니."

"그래, 나둬. 근데 형은 두 외계인 중 어느 쪽이 이길 것 같아?"

태울의 물음에 마루보가 방어용으로 마련해뒀던 활을 들어 보이면서 단호히 말했다.

"어느 한 쪽이 이기면 안 돼! 양쪽 다 무참히 무너져야 해! 섬을 다시 넘볼 수 없게! 아까 들었지? 대성주가 패배해도 버킬이 시락톨을 지킬 것이라고. 그럴 순 없지. 외계인들 때문에 섬사람들이 이유 없이 비참히 죽었고, 지금도 산간과 해안에서 죽어가고 있어. 이런 놈들을 어떻게 놔둘 수 있겠어!"

“그럼 오빠, 혹시?”

“그래, 때가 되었어! 우선, 버킬부터 없애야겠어!”

“좋아, 형!”

“나도!”

오누이의 결의도 칼날이었다.

활을 바닥에 내려놓은 마루보가 구슬 쌈지에서 흑구슬을 골라 꺼내들 때였다. 오름 위의 하늘에 먹장구름이 밀려왔다. 그리고 잠시 후, 저쪽 벌판 하늘에선 먹장구름을 탄 대성주의 모습이 나타나더니, 대성주가 소용돌이 치고 있는 먹장구름으로 날아들고 있었다.

그럴 때였다.

“하르방～!”

흑구슬을 허공으로 내던진 마루보의 주문이 오름에 울렸다. 때마침 대성주가 일으킨 번개가 번쩍이고 천둥이 굉음을 일으키면서 수많은 돌들이 솟구쳤다. 분노를 머금은 그 돌들은 제 목표물들을 향해 바람과 비를 가르며 표창처럼 날아가고 있었다.

“으악～!”

오름을 내려가던 버킬의 부하들이 돌덩이들을 맞고 여기저기서 비명을 토했다.

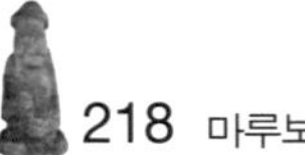

"이건 또 무슨 조화냐!"

버럭, 버킬이 외쳤다. 그런 그도 위태로웠다. 사방에서 돌들이 불쑥불쑥 날아드는 탓에 쓰고 있던 갓이 날아가버렸다. 그리고 그의 어깨와 허벅지에 심한 상처를 입고 말았다. 한걸음도 뗄 수조차 없는 위기였다.

"여기서 개죽음을 당할 순 없지."

버킬이 눈을 굴려 주위를 훑었다. 그의 발아래에 똬리를 틀고 있는 큰 뱀 한 마리가 보였다. 그가 미련 없이 입에서 누런 가스를 뿜자, 그의 영혼이 뱀으로 스며들면서 바로 뱀으로 둔갑됐다.

그러나 그 뱀은 이미 수명을 다해 병들어 죽어가고 있던 터였다. 아무리 몸을 풀숲으로 이끌려 해도 똬리는 쉽게 풀리지 않는 것이다. 그런 그 몸에 돌덩이들이 동시다발로 쏟아졌다.

"으으~."

뱀이 고통스러워하며 반사적으로 머리를 치켜드는 순간이었다. 어디선가 날아든 바윗돌이 그 머리를 짓이겨놓고 말았다.

돌벼락은 쫓고 쫓기며 처절하게 싸우는 벌판 동녘 편에도 떨어졌다.

이미 먹장구름과 융합해 악령으로 변신한 대성주의 손에는 번개가 쥐어져 있었다.

하지만 라울과 대치한 공중에도 돌보라가 일어 공략 시점을 가늠키 어려운 상태였다. 양 진영에 예기치 않은 복병이 출현한 거나 다름없었다.

"마루보 오빠, 저것 봐!"

"버킬 허물이야. 결국 뱀으로 변해 죽었군."

그들은 소낙비가 들이 붓는 오름을 내려오면서 처참히 죽은 버킬을 보았다. 군데 군데 널브러져 있는 여러 시체들도 볼 수 있었다. 하지만 그것으로써 돌의 분노는, 섬의 분노는 끝난 게 아니었다.

동녘 벌판 쪽으로 그들이 잰걸음 칠수록 비마저 화산탄으로 변한 듯 천지가 암흑으로 변해가고 있었다.

섬은 침몰 직전이었다.

중산간지대는 이미 시락톨에 의해 쑥대밭이 됐다. 해안지대는 도니락의 게릴라 작전으로 집들과 기관들이 무수히 불태워졌다. 그런데 이 난리가 무슨 까닭인지도 모른 채 죽어간 사람들의 수가 섬 주

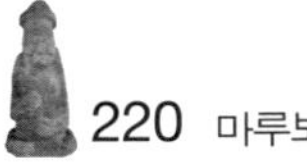

민의 절반이 넘어서고 있었다.

섬은 소리 없이 통곡하고 있었다.

바람과 풀잎에도 살기가 넘쳤고, 바다는 죽은 자들의 영혼의 핏물로 넘쳐흘렀다. 살아남은 섬 주민들의 심신은 천 갈래 만 갈래 찢겨진 천 조각으로 집집마다에 켜켜이 쌓이고 있었다.

경비청에서는 긴급회의가 열렸다. 버킬의 죽음을 목격했던 시락톨의 한 전사가 말을 타고 달려와 사태의 심각성을 알렸던 것이다.

회의 결론은 총출동이었다. 대성주가 몸소 나가 전투를 치르는 판국에 여기서의 국지전은 더 이상 의미가 없었던 것이다.

비에 섞인 돌덩이는 멈추지 않고 계속 죽창처럼 날리면서 쏟아졌다. 그런 벌판에는 숱한 시체들이 뉘어져 있었다. 두 종끼리 접전하다가 죽고, 돌덩이들에 융단 폭격 당해 죽었다.

백쉬르는 용케 살아남았다. 적의 황금박쥐로 둔갑해 황금박쥐 무리 속에 몸을 숨기고 있는 터였다.

"하르방～!"

비가 잦아질 즈음, 흑구슬이 마루보의 품으로 돌아왔다. 한 황금박쥐의 허물이 있던 벌판의 외곽 지역이었다.

공중에는 거대한 악령과 라울이 그대로 머물러 있었다. 이들의 접전은 단 한 차례도 이뤄지지 않았다. 복병이었던 돌보라를 막아내는 데 여념이 없었던 탓이었다.

악령은 돌들이 자신의 몸을 관통해도 탈이 없었지만, 끝없이 날아드는 돌들은 그의 정신을 몹시 사납게 했던 것이다. 라울은 돌들을 황금박쥐 초음파로 방어해 몸을 보존했지만, 휘몰아치는 돌들은 그의 정신을 어지럽게 만들었던 것이다.

들판 하늘에는 돌보라가 멈추고, 두 우두머리들만 남겨졌다. 근처 나뭇가지에 거꾸로 매달린 황금박쥐 한 마리를 제외한 황금박쥐들도 태양을 피해 동굴로 피신하고 없었다.

"넌 하수야! 내 상대가 안 돼! 니네 종족을 보존하려면 여기서 포기하고 심해로 돌아가 얌전히 지내거라!"

라울이 엄지를 들어 아래로 돌려 꽂으며 호통 치듯 말했다.

"가소로운 것! 곧 까마귀밥이 될 주제에 감히 누구더러 훈계야!"

말을 받아친 검은 악령이 먼저 라울에게 번개를 던졌다. 그러자 라울이 공중으로 더욱 치솟아 번개를 피했다.

"으하하하, 니 놈이야말로 까마귀밥이 될 것이다!"

그렇게 대꾸한 라울은 몸을 민첩히 해체시켜 거대한 까마귀로 둔갑해버렸다. 그리고 날개를 몇 번 젓지도 않고 날아가 악령의 머리통

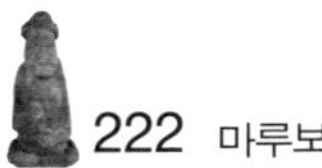

을 찍었다. 그런데 웬걸, 부리에 감각이 전혀 없었다. 마치 허공에다 찍은 것과 같은 현상이었다.

"이런!"

낭패였다. 그것은 곧 악령의 역습을 의미했다. 바로 라울의 몸이 악령에게 온통 휘감겨버렸다. 그 옥죄임의 강도는 엄청났다. 방어에서는 그대로 관통되는 먹구름이지만, 공격에서는 고래 힘줄 같은 먹구름이 되는 것이다.

곳곳에서 숨죽여 보고 있던 시락톨들이 대성주의 활약상에 사기 중천했다.

반면에 극도의 위기감을 느낀 도니락들은 한 괴물도 남김없이 민첩히 그들의 몸을 해체했다. 그리고는 흑룡으로 조합해 악령이 휘감고 있는 라울로 날아가 같이 휘감아버렸다. 곧 라울의 까마귀 몸통에 악령과 흑룡이 얽히고 설키면서 공격과 방어의 접전이 이뤄졌다.

그때였다.

"윙~."

한 마리의 황금박쥐가 날아올라 왈칵 흑룡에게 돌진했다. 그러고는 흑룡의 귀에 달라붙어 살상용 초음파를 쏘아댔다. 치명타였다. 흑룡이 신음을 하며 라울의 몸에서 떨어져 나갈 때였다. 흑룡이 비커나면서 황금박쥐가 까마귀 부리 바로 아래에 노출돼 있었다. 황급히 날개 짓을 하며 황금박쥐가 위기에서 벗어나려고 했다. 그러나 몸이 한결 자유로워진 까마귀가 먼저 부리로 황금박쥐 몸통을 찍어버렸다.

"백쉬르……."

악령이 백쉬르의 종말을 감지하곤 중얼거리며 까마귀의 몸통을 풀었다. 그러고는 휘익, 고통에 꿈틀대고 있는 흑룡으로 날아가 그의 눈알을 향해 번개를 꽂았다. 순간, 엄청난 섬광과 함께 흑룡이 타들어가면서 벌판으로 수직낙하하고 말았다.

한 치의 방심과 오만을 허락지 않는 반전의 연속이었다.

그 사이 라울이 둔갑해 있었다. 마치 라와디 돌고래 같은 형상이었는데, 눈은 상어 눈이었고, 날개 한 쌍과 용의 다리가 달려 있었다.

"잠깐 기다려!"

변신한 라울이 그렇게 외치더니 그 길로 동굴 속으로 들어가버렸다. 그때를 놓칠세라, 악령 역시 그 뒤를 쫓았다. 조금 후였다. 둘이 동시에 심해로 통하는 웅덩이에 풍덩 빠졌다. 그러고서 얼마 후, 라울이 변신한 괴물이 앞다리에 캡슐을 거머쥐고 동굴을 먼저 나오고, 그 뒤이어 청색제복의 시락톨 대성주가 동굴을 나왔다.

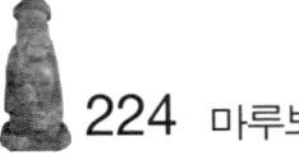

괴물이 웅덩이에 빠진 건 일전에 마루보와의 전투에서 참패한 후 비상 무기로 웅덩이에 마련해 뒀던 연유였다. 그리고 악령이 웅덩이에 빠진 건 대성주로의 변신 때문에 바닷물이 필요한 까닭이었다. 보통 때의 변신은 자유롭지만, 악령에서 다시 대성주로의 변신은 생명수 같은 바닷물을 적셔야 가능했기 때문이었다.

다시 공중에서 대치하게 된 우두머리들이었다.

동굴 속에 비참하게 죽어 있던 아고닉을 보았던 괴물은 복수심이 이글이글 타오르고 있었다.

"감히 나의 유일한 자식을 죽이다니, 이놈!"

괴물이 거머쥐고 있던 캡슐을 휘익 날렸다. 그러자 그것이 봇물처럼 터지면서 하얀 물체들이 쏟아져 나왔다. 해파리 떼였다. 이들은 바다에서 유영하듯 공중을 유영하며 적장에게로 휘익, 휘익 날아갔다.

대성주는 자신에게로 달려드는 해파리를 보고는 툭 불거진 이마를 열어 젖혔다. 그러자 그 속에서 광선 그물망이 뻗어나가더니 해파리 떼들을 포획하면서 엮어버렸다. 졸지에 포획당한 해파리 떼들이 우왕좌왕 할수록 마치 누에고치처럼 엉키고 있었다. 그때 대성주가 상모 돌리듯 그것을 뱅글뱅글 돌려 날려 보내며 이마 속의 광선으로 끝장을 내버렸다.

그러나 해파리는 숱하게 많았다. 어느 틈엔가 자신의 사방을 에워싸고 있는 것이다. 적잖이 당황한 대성주가 제복 속의 단도를 꺼내 단도의 버튼을 눌렀다. 그러자 단도가 죽 길어지면서 빛을 발하는 광검으로 변했다. 그는 그 광검으로 무더기로 달려드는 해파리들을 빛으로 쏘아 죽이고, 휘두르며 토막 내어 죽였다.

하지만 워낙 많은 수의 해파리들이라 대성주는 그만 사면체 형태로 포위당하고 말았다. 거기다가 그는 이미 해파리 촉수 독침에 몸 곳곳이 쏘인 상태였다.

'이렇게 끝날 순 없다! 이놈 하나 처치 못하면 우주를 어떻게 정복한단 말인가!'

대성주는 그 가두리를 벗어나기 위해 오른쪽 소매 단추를 눌렀다. 그러자 발밑의 가스가 분출되면서 해파리 층을 뚫고 겨우 상층으로 오를 수 있었다. 그러나 몸이 온통 독침으로 가득 꼽힌 상태였다. 그는 혼미해져오는 의식을 붙들려고 필사적으로 몸부림쳤다. 하지만 그럴수록 독 기운이 더욱 더 몸 안에 퍼져 흐를 뿐이었다.

괴물은 그때를 놓치지 않았다. 커다랗고 둥근 입을 길쭉하고 예리한 창으로 바꾼 후 날렵하게 대성주 쪽으로 날아갔다. 그리고 바로

그의 심장을 향해 그 창을 깊숙이 찔러 넣고 사정없이 빼버렸다.

핏물이 낭자한 청색 제복의 대성주가 신음하며 온몸을 비틀고 있었다. 그걸 본 괴물은 승리를 확신하고 시락톨이 있는 곳으로 가 일갈했다.

"보아라, 너희 우두머리의 처참한 최후를! 이제 너희들 길은 자폭밖에 없다. 빨리 자폭하라. 안 그러면 내 손에 모두 죽을 것이로다!"

대성주의 몰락에 망연자실한 시락톨 병사들이 무릎을 꿇고 비통해할 때였다. 해파리 떼가 그런 그들을 습격하기 시작했다. 설상가상으로 땅에서는 혁명대의 총공세가 이어졌다. 상공에는 다시 푸른 돌하르방으로 변신한 라울이 여전히 머물고 있었다. 시락톨의 절체절명의 위기였다.

그건 섬사람들도 마찬가지였다. 외계인들의 싸움에 휘말려 지금도 토벌대와 혁명대가 서로를 무참히 살생하고 있는 중이었다. 마치 섬에서 자신들을 다 솎아내기로 작정한 듯이.

하늘을 떠다니는 해파리들, 공중 부양해 있는 푸른 돌하르방, 기이한 형상을 한 괴물들, 허공에 솟구쳤던 청색 제복, 그건 분명 섬의 모습이 아니었다.

그럼에도 불구하고 섬사람들은 그 모습에 잠깐 당황하고 놀랬을

뿐, 그들은 살생의 알약을 먹기라도 한 듯 살생의 시간을 멈출 줄 몰
랐다.

　마루보와 오누이는 섬사람들의 허망한 죽음에 치를 떨며 이 전투
의 개입 시점을 저울질하고 있었다. 그런데 이제 그 기회가 온 것이
다. 외계 종들이 한 곳으로 총집결한 상태였기 때문이었다.

　"태풍과 해일이 닥쳤어도 섬은 항상 제자리였습니다. 섬의 자식으
로 섬을 섬기며 살았던 섬사람들이 있었기 때문이었습니다. 그러나
지금은 다 떠나가고 있습니다. 섬에 머물러야 할 넋도 바람처럼 떠돌
고 있습니다.
　섬이시여, 남은 우리들은 아직도 섬의 자식입니다.
　섬이시여, 부디 남은 자들 마저 등을 돌리지 마시길 간절히 바랍니
다."

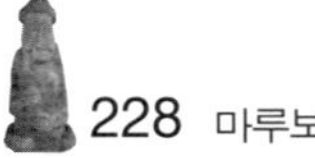

마루보가 두 팔을 벌린 채 한라산을 바라보며 경건히 기도를 올렸다. 같이 무릎을 꿇고 기도를 올리던 오누이의 눈이 촉촉이 젖어 있었다.

"잘 해낼 수 있을 거야!"

마루보가 오누이를 힘껏 끌어안으며 용기를 북돋웠다.

"그래, 형!"

"시작해, 오빠!"

시간이 지체될수록 섬사람들의 희생은 불어날 것이다. 그것을 모를 리 없는 마루보가 다섯 개의 구슬 중 은구슬을 하나 집었다. 섬사람들의 희생을 줄일 수 있는 유일한 선택이었다.

"하르방~!"

은구슬이 한라산 방향으로 날아가다 멈추면서 은은한 소리와 감미로운 바람을 풀어냈다. 주위의 생명체들이 하나, 둘씩 쓰러지거나 정지되고 있었다.

그런지 얼마나 지났을까?

예상대로 온전하게 남아 있는 이들은 마루보와 오누이, 그리고 라울이었다.

"형, 저것 봐!"

태울이 저쪽 저 멀리 서편에서 이곳으로 달려오는 적색마를 가리켰다. 자르몽이었다. 아까 서편으로 줄행랑을 놓았다가 시락톨의 전사가 밀려오자 부근에 숨어 있었던 것이다.

'아니, 저놈이 왜 다시 여기로 오지?'

마루보가 자문했다. 자르몽이 염력에 걸리지 않고 달려올 수 있는 건 납득할 수 있었다. 거리 때문일 것이리라. 그런데 왜? 퍼뜩 이런 의문이 들 때 푸른 돌하르방의 소리가 들려왔다.

"무식한 놈! 이 낡은 수법으로 나를 이길 거 같으냐! 이젠 어림없다!"

푸른 하르방이 가소로운 듯 한바탕 크게 웃었다. 그러고는 공을 굴리듯 손을 굴려 주술을 부렸다.

"니놈 손에 섬이 호락호락 넘어갈 줄 아느냐! 감히 돌하르방의 탈을 쓰고 섬을 약탈하려고 하다니! 니놈을 이번엔 반드시 응징하겠다!"

마루보가 배짱 두둑이 내밀며 호통을 쳤다. 그럴 때 세르미가 주술을 부리는 라울을 향해 활시위를 당기고 있었다. 화살에 미리 매달아 둔 녹구슬이었다.

"하르방~!"

녹구슬이 허공으로 힘차게 뻗었다.

조금 후, 하늘에는 라울의 과거가 병풍처럼 펼쳐지고 있었다. 마루보가 그 장면들을 빠르게 훑고 있었다.

이번에는 태울이 바다 쪽을 향해 두 번째 화살을 쏘았다. 청구슬이 저 멀리 날아가고 있었다.

그 순간이었다.

'아니, 저건 대성주 아냐!'

창공의 어떤 장면을 혼자만 보고 말았던 마루보가 흠칫 놀랐다.

그랬다. 구사일생으로 해파리 떼 속에서 빠져나와 해파리로 변신하는 대성주가 보였던 것이다. 그 후 괴물의 날개 아래에 해파리로 숨어 있었던 그였다. 그러다가 어딘가에 숨어 있던 자르몽을 발견하곤 거기로 날아가 자르몽으로 다시 탈바꿈해 이쪽으로 달려왔던 것이다.

청구슬의 조화는 라울의 주술보다 빨리 시작됐다.

전과 달리 바다의 물기둥들이 그냥 치솟기만 한 것이 아니었다. 엄청난 회전력과 수압을 가진 물기둥으로 공간 이동까지 가능했다. 그런 물기둥들이 푸른 돌하르방을 향해 드릴처럼 후벼대기 시작한 것이다.

드넓게 펼쳐진 물결도 뒤따라 들었다. 그것은 마루보와 오누이에게 손짓하는 시늉을 보이며 그들 쪽으로 낮게 깔렸다.

"형, 타라고 하는 것 같아."

"그래, 그런 것 같아."

그들은 주저하지 않고 그 물결자락 위로 올랐다. 바로 그때였다. 비호처럼 달려온 자르몽도 오르는 게 아닌가.

"친구들, 니네들이 이렇게 비상한 재주를 가지고 있는 줄은 미처 몰랐다. 구사일생으로 동굴을 탈출했지만, 내가 저놈들에게 속은 거 생각하면 저 놈들을 갈아 마셔도 시원찮아. 나도 니네들 편에서 싸울 수 있게 해 다오."

대성주는 자르몽의 허울뿐만 아니라 자르몽의 과거까지도 다 덮어 쓰고 있는 듯했다. 그의 정체를 알고 있는 마루보는 그러나 침착히 행동하며 말했다.

"좋아, 허락한다. 단, 너의 죄 값을 치러라!"

"어떻게?"

"우리들을 안전하게 방어해라!"

"……. 그렇게 하마!"

"또 있어!"

"무엇이야?"

"일이 끝나면 자결해라!"

"……. 좋다!"

"오빠, 믿지 마!"

세르미가 자르몽에게 발길질하며 만류했다. 하지만 물결자락은 벌써 창공의 라울에 근접해 있었다.

라울은 사방에서 꽂는 물기둥의 공략을 따돌리기에 여념이 없었다. 두 손바닥에서 뿜어 나오는 가공할 괴력으로 물기둥들의 방향을 돌렸다. 그리고 공간이동을 통해 물기둥들이 서로 부딪혀 소멸케 했다. 그러나 끊임없이 파고드는 공략에 그의 에너지가 점점 고갈돼 가고 있었다.

'역시 얕볼 상대가 아냐!'

이대론 승산이 없다고 판단한 라울이 변신을 서둘렀다.

라울이 강철로 된 긴 혀를 가진 거대한 두꺼비로 변신했다. 그리고는 그 혀로 휘어 내리쳐 이 물기둥 저 물기둥을 갈랐다. 그러자 물기둥들의 위용은 오간데 없이 물거품으로 변해 힘없이 땅으로 떨어졌다. 그의 전술이 맞아 떨어진 셈이었다.

그렇게 물기둥들이 거의 사라질 즈음이었다. 호시탐탐 기회를 엿

보고 있었던 혀가 마침내 물결자락으로 초점을 맞췄다.

그 낌새를 알아챈 마루보는 물결자락의 방향을 지상으로 돌렸다. 그러고는 세 번째 주홍구슬이 달린 화살을 쏘았다.

"하르방~!"

마루보가 주문을 외치는 순간이었다. 말려 있던 두꺼비 혀가 물결자락을 향해 힘껏 내리치고 있었다.

"피해~!"

이미 주홍구슬 속으로 빨려 들어가던 마루보가 다급히 외쳤다. 그러고는 주홍구슬 속에서 불길한 예감으로 물결자락을 내려다보았다. 어느새 그들을 위해 고여 들었던 두터운 물속이 두 부분으로 쩍 갈라져 있었고, 그 속으로 오누이를 감싼 채 홀로 신음하는 자르몽이 보였다.

자르몽의 등짝엔 핏물이 철철 넘쳐흘렀다. 그로 봐서 자르몽은 가망 없어 보였다.

다시 엷게 합쳐진 물결자락이 땅바닥에 닿았을 땐, 오누이 주위로 물결 보호막이 형성됐고, 수많은 분신들이 쏟아져 나오고 있었다. 해울들은 그 보호막을 켜켜이 에워싸서 더욱 안전장치를 마련했고, 야울들은 두꺼비 혀와 정면으로 맞서나갔다.

초반전은 두꺼비가 우위였다. 한데 뭉쳐 막무가내로 몸 구멍마다에서 빛을 쏘아대던 야울들이었지만 채찍처럼 떨어지는 강철의 혀에 산산조각 난 것이다.

중반전의 양상은 달랐다. 제각기 분산되어 혀의 공격을 피하면서 두꺼비의 몸속으로 침투하기 시작했다. 이 과정에서 귀샘에서 분비되는 부포톡신의 독액에 의해 대부분이 녹긴 했다. 하지만 혀 공격의 빈틈을 노려 입속으로 들어간 몇몇의 야울들은 광선을 뿜어 몸을 검게 타들어가게 만들었다.

야울들의 그런 맹렬한 공격에 두꺼비가 무척 괴로운 듯 몸을 마구 뒤틀며 비명을 토해냈다. 습지 동물인 두꺼비로선 빛과 열이 치명적이었던 것이다.

그런데 그 와중에서도 허공에서는 라울의 과거 장면이 계속 스쳐지나가고 있었다. 구슬 속에서 구슬 밖의 분신들을 다루고 있던 마루보는 그 장면들도 간과하지 않고 있었다. 이에 심해 속의 라울이 드러날 때였다.

운이 따르면 기대했던 라울의 급소를 발견할 수 있었다. 하지만 심해 속이 너무 암흑이라 무리였고, 곧 그 탐색마저 그만 둬야 했다. 몸속으로 들어간 야울들의 악착같은 공세에 더 이상 견디지 못한 두꺼비가 동굴 속으로 피신해버린 것이다.

마루보는 전과 달리 그 뒤를 쫓아 자신도 동굴 속으로 날아들었다. 종반전의 시작을 알리는 셈이었다.

벌판의 가장자리에서 해울의 비호를 받고 있던 오누이도 마루보 뒤를 따라야 했다. 그러기 위해서 구슬을 다시 수중에 넣어야만 했다. 태울이 먼저 청구슬을 불러들이고 난 후 머뭇거리고 있는 세르미에게 재촉했다.

“시간 없어. 빨리 구슬을 불러들여.”

“하르방~ !”

그러나 세르미의 주문에도 불구하고 녹구슬은 돌아오지 않았다. 몇 번을 더 시도했으나 마찬가지였다.

“이제 더 지체할 수 없어.”

태울은 녹구슬을 포기하고 세르미를 데리고 동굴 쪽으로 잰걸음 쳤다.

심해아귀

심해의 여신

"형, 어떻게 됐어?"

임상 실험실을 지나 동굴의 끄트머리까지 허겁지겁 달려온 태울이
물었다.

"여기로 들어 갔어."

주홍구슬에서 나와 있던 마루보가 심해로 통하는 웅덩이를 가리켰
다.

"이제 어떡하지?"

태울의 가는 눈엔 난감함보다 분개함이 어려 있었다.

"섬사람들 모르게 끝장을 봐야 해!"

"오빠, 그럼 이 속으로 들어간단 말이야?"

"청구슬의 염력으로 그럴 수만 있다면 들어가야지."

"좋아, 형! 한 번 해 보는 거야!"

태울이 비장한 눈빛을 띄었다. 그러고는 서슴없이 청구슬을 웅덩이 속으로 던지며 외쳤다.

"하르방~!"

웅덩이 속으로 들어간 청구슬이 파르스름한 광채를 뿜어냈다. 캄캄하던 동굴이 환해지자 천장에 붙어 있던 황금박쥐 떼들이 이리 저리 어지럽게 날아다녔다. 주인을 잃은 그들인지라 공격성은 보이지 않았다.

태울은 온 신경을 모아 주문을 걸었다.

"하르방, 심해 속으로~!"

그러자 웅덩이가 양쪽으로 갈라지면서 끝없는 낭떠러지가 보였다.

"성공이야. 자신감을 가지고 계속 주문을 걸어. 내가 먼저 들어갈 테니……."

그래 놓고 마루보가 더럭 낭떠러지로 몸을 던졌다.

"세르미, 너도 빨리!"

약간 망설인 듯한 모습을 보였던 세르미도 몸을 던지자, 뒤를 이어 태울도 몸을 던졌다. 그러자 갈라졌던 웅덩이가 아무 일이 없었다는 듯 물이 다시 고여 들었다.

어디까지 내려갔을까?

웅덩이 속으로 몸을 넣자마자 어디선가 나타난 점보상어의 등에 올라타 바다 속을 유영하고 있는 마루보였다. 뒤이어온 오누이도 마찬가지 였다.

어느덧 한데 모인 세 사람은 파르스름한 빛을 발하며 심해 세계를 인도하는 청구슬을 따라가며 나란히 유영해 나갔다.

심해는 신비로웠다. 육지처럼 드높고 긴 산맥이 이어져 있고, 깊이를 가늠할 수 없는 계곡도 있었다.

파이프처럼 생긴 열수공이 빼곡히 솟아나 있는 곳에는 황화수소가 나오고 있었다. 그리고 그것은 엄청난 수압에 의해 액체 상태로 남아 온천수 상태로 있는 듯했다.

그런데 그 뜨거운 열수공 지대에서도 심해 생물들이 존재하고 있었다. 섭씨 80도의 물속에 함유된 유황을 에너지로 바꾸는 박테리아를 섭취함으로써 광합성 작용을 하지 않고도 생명을 유지해 나갈 수 있는 것이다. 그 열기 가득한 열수공 주위에 심해 게들과 심해 홍합들이 몰려 있는 것을 보니 이 해저 지역에선 그렇게 먹이사슬로 가고 있는 모양이었다.

희한한 심해 생물들도 많았다. 순간적으로 몸의 빛을 발산하여 적으로부터 자신을 보호하는 해파리가 있었고, 네온사인처럼 화려한 빛을 가진 해파리도 보였다. 그리고 심해 문어는 머리통 양쪽에 달린 두 귀로 헤엄쳐 다니고 있었다. 네모 턱을 지닌 사각 생물도 있는가 하면, 대왕 오징어도 보였고, 보랏빛을 지닌 해삼도 눈에 띄었다. 그런 그들 대부분은 빛이 들어오지 않는 곳에서 사는 까닭에 눈이 퇴화되어 있었지만, 제각기 억겁의 세월을 지내오는 동안 살아가는 방식들을 나름대로 터득해 심해 환경에 적합한 몸 구조를 완성시킨 것 같았다.

아마 그 때문에 심해 생물의 생김새는 신의 영역으로 치부될 수밖에 없을 것 같았다. 하지만 아닐 수도 있었다. 용암 동굴 속의 괴물들이 그 반증이 될 수 있었다. 그것은 신의 영역이 아니라, 생존의 끈을 억척스럽게 지킨, 그래서 질기고 질기게 진행되어온 그들의 진화라는 것을. 청구슬은 그들의 부력을 적절한 빛으로 조정하면서 심해의 수압을 조절해 나갔다. 그러면서도 심해의 신비를 잠시라도 만끽할 수 있도록 그들에게 황홀한 시간을 제공했다.

그들을 태우고 유유히 유영하는 점보 상어 주위로는 심해의 불가사리들이 눈처럼 흘러내리고 있었다. 온 몸에 가시가 솟아나 있는 극

피동물들과 괴이한 생물체들도 몰려와 마치 춤을 추는 것처럼 그들의 몸을 신명나게 흔들어대고 있었다.

그렇게 낯선 이방인의 환영은 감동이었고 환희였다. 하지만 마냥 한가로이 그런 풍광을 즐길 수는 없는 노릇이었다.

"태울아, 시간 없어. 심해에서 얼마만큼 견뎌낼지 모를 일이니 빨리 놈을 찾아야 해."

마루보가 마음속으로 태울에게 전했다.

"알았어, 형."

태울 역시 마음속으로 전달했다.

"세르미, 너 괜찮니?"

무광층의 심해로 들어올 때부터 세르미 표정이 일그러져 있던 터였다.

"그럼, 세르미는 여기 머물러 있어."

세르미의 대답이 들려오지 않았다.

"태울아, 세르미는 두고 가자."

"그래. 세르미가 동굴에서부터 몸이 안 좋은 거 같았어."

그 길로 둘은 세르미를 점보 상어에 둔 채 더욱 깊숙이 유영해 나갔다.

그렇게 둘이 한참을 유영해 나가다 거대한 산맥에 이르렀을 때였다. 계곡에서 수없이 많은 물방울에 싸인 채 뭔가가 올라오고 있었다.

"형, 저게 뭐지?"

"글쎄……."

사람 같아 보였지만 사람이라기엔 엄청나게 큰 형상이었다. 가만 보니, 투명한 옷자락이 길게 늘어뜨려져 있었고, 은발이 풀어 헤쳐져 있었다. 눈은 퇴화되어 아예 없었고, 산발된 머리 위에는 가는 작대 모양이 빼곡히 세워져 있었으며 막대 끝마다에는 동그란 발광기가 달려 있었다. 그것은 어찌 보면 왕관 같은 형태였다.

둘이 눈을 휘둥그레 뜨고 그 괴상한 모습을 주시하고 있을 때였다. 물방울들이 사라지면서 또 다른 생물체가 보였다. 손톱보다 작은 생물들이 그 물체 뒤를 따라 올라오고 있었다.

"저건 또 뭐지?"

태울이 또 물었다. 그러자 청구슬의 소리가 들려왔다.

"심해 여신의 수컷들입니다. 민머리이고 귀가 크며 입 밖과 안에는 가시가 돋쳐 있으며 그 가시로 여신의 살점을 뜯어 그 살 속에 그대로 들어앉아 있다가 살이 아물게 되면 한 몸이 되는 관계입니다."

은은히 들려오는 청구슬의 소리에 자못 당황한 그들이었지만, 그 보다 청구슬의 말의 내용에 더 심취해 있는 듯했다. 청구슬의 말은 계속 이어졌다.

"그 후 팽창해진 여신이 살점 한 점을 떼어 놓으면 이들은 짚신벌레가 이분법으로 분열하여 개체를 늘리듯 기하급수적으로 수를 늘려나갑니다. 그리고 다시 여신에게 달라붙는 구조를 지닌 생물입니다. 살점이 이분법으로 분열하지 않는다면, 그것은 여신의 특별 관리 대상으로 남는 것입니다. 바로 아고닉 같은 녀석이 그렇습니다. 아무튼 이게 바로 도니락 종족의 생산 방식입니다. 이 심해 여신은 라울이라 부르며, 동굴 속의 푸른 돌하르방과 같은 인물입니다. 심해는 이미 오래 전에 라울이 장악했고, 무서운 진화 속도로 바다 전체뿐만 아니라 섬도 넘보고 있는 것입니다. 곧 라울의 공격이 시작될 겁니다. 협곡이 유리하니, 거기로 안내하겠습니다."

청구슬이 파르스름한 빛을 내며 속도를 내어 협곡 쪽으로 나아갔다. 이곳이 라울의 영역이니 스스로들 유영하며 청구슬을 따라갈 수밖에 없는 처지였다. 그래서 마루보가 제안을 했다.

"태울아, 청구슬 속으로 들어가 보겠니?"

"…… 형, 그게 될까?"

“시도해 봐.”

“그럼 형은 어떡해?”

“난 주홍구슬로 들어가 볼게. 저 수컷들을 물리치려면 아무래도 야울과 해울이 필요할 것 같아.”

혹시 실패해도 지금 상황과 같으니 마땅히 시도해 볼만한 제안이었다.

그런데 그보다 여신의 공격이 먼저 시작되고 있었다.

“윙~!”

한 동그란 발광기에서 그들을 향해 붉은 광선이 발사됐다. 요행히 그들을 비켜나갔다. 하지만 그 단발의 광선은 산맥의 많은 부분을 파괴할 정도로 위력적이었다. 만약 동그란 발광기들이 전부 광선을 쏜다면 산맥이 사라질 지도 모를 일이었다.

“여긴 라울의 터이니 육지 때의 공격보다 더 막강한 겁니다. 촌각을 다투니 어서 서두르십시오. 태울님을 받아들여 보겠습니다.”

청구슬의 뜻이 둘의 마음에 전해졌다.

태울이 온 신경을 모은 후 외쳤다.

“하르방~ !”

그러자 태울이 쑥 빨려 들어가는가 싶었는데, 그만 구슬 앞에서 멈

쳐서고 말았다. 오히려 조금 늦게 주문을 외친 마루보가 주홍구슬 속으로 먼저 들어간 상태였다. 수컷들이 몰려오는 상황에서 자칫하면 수컷들의 밥이 될 수 있는 태울이었다.

마루보는 속히 돌하르방들을 내보냈다.

야울들이 수컷들의 무리와 정면으로 맞서기 시작했다. 그리고 해울들은 태울을 에워싼 채 협곡으로 이동했다.

전투의 초반임에도 불구하고 야울들의 전세가 매우 불리했다. 심해에서 뿜는 눈의 광선은 위력을 상실한 채, 오히려 수컷들을 더 자극시켰을 뿐이었다.

수컷들의 전투력은 실로 놀라웠다. 야울들의 온몸에 진드기처럼 달라붙은 수컷들은 입 안팎으로 돋친 가시로 야울을 무차별로 찍어댔다. 그 작은 가시들 하나하나가 마치 쇠망치인 양 야울들을 동강동강 박살냈고, 그것도 모자라 심해의 모래알로 가라앉혔다.

그 많은 야울들이 수컷들에의해 순식간에 사라지고 있었다. 그리고 그 수컷들이 어느새 해울들에게도 몰려오고 있었다.

"태울아, 하르방을 외쳐 봐!"

절박한 마루보의 절규였다.

"태울님, 마루보님 말씀대로 해보십시오. 저도 최선을 다해보겠습니다. 시간이 없습니다.”

그러는 청구슬에도 수컷들이 우글거리며 가시로 찍고 있었다. 일촉즉발의 위기였다.

두 손으로 까까머리를 부여잡은 태울이 다시 온 신경을 모았다. 그런 후 강단 있게 주문을 외쳤다.

“하르방~!”

그러자 청구슬이 열리면서 강렬한 푸른빛이 쏟아졌다. 이 빛에 청구슬에 달라붙어 있던 수컷들이 흔적도 없이 녹아버렸다. 반면에 태울은 그 빛을 통해 청구슬 속으로 무사히 빨려 들어갔다.

이제 협곡으로의 진입이 남아 있었다. 진입하지도 못한 채 여신의 공격까지 받는다면, 심해의 미아로 남든지 소멸되든지 둘 중 하나였다. 따라서 어마어마하게 큰 라울이 들어올 수 없는 협곡은 일단 전열을 가다듬기에 적합했다.

그런데 그들이 협곡으로 들어가기 직전이었다. 여신이 투명한 옷자락을 벗어던져 두 구슬을 돌돌 말아버린 것이다. 그러고는 여신이 현란한 문신의 알몸을 드러낸 채 우레와 같은 목소리로 말했다.

“얼간이 같은 녀석들, 우주의 정복을 꿈꾸는 나에게 감히 네까짓 것들이 나의 상대가 될 것 같으냐! 일전에 내가 일렀지, 이미 수법을

다 알고 있다고! 밖으로 나오려고 발버둥을 치면 칠수록 목숨만 재촉할 뿐이야!”

과연 그랬다. 둘이 하르방을 여러 번 외쳤지만 돌아오는 건 주체할 수 없는 질식이었다.

그런데 뜻밖의 일이 일어났다. 옷자락에 함께 말려있던 수컷들이 어쩐 일인지 옷자락을 찍어대고 있는 게 아닌가! 여신의 냄새를 맡고 여신의 몸으로 착각한 모양이었다. 그 때문에 옷자락에서는 구멍들이 송송 생겨나기 시작한 것이다.

그 광경을 목격한 여신이 진노했다.

“아니, 저 머저리 같은 놈들이!”

곧장 여신의 발광기 광선이 돌돌 말린 옷자락에 꽂혔다. 한 방에 흔적도 없이 옷자락이 녹아내렸다. 그러고도 더 이상 방심할 수 없었던지, 여신이 풀어 젖힌 머리칼로 초음파까지 쏘아댔다. 협곡으로 진입하는 두 구슬이 초음파에 감지되었다. 그러자 부르르 몸을 떤 여신이 수컷들에게 격렬히 외쳤다.

“냉큼 쫓아가!”

협곡으로 들어가면 초음파로 감지되지 않는다는 것을 안 여신이 수컷들에게 명령을 내린 것이다. 하지만 수컷들은 웬일인지 협곡 입구의 해울들을 해치우기만 할 뿐이었다. 협곡에는 수컷 그들의 천적인 심해 아귀가 있었던 까닭이었다.

여신은 그런 먹이사슬을 알고 있었지만 아귀들을 멸종시킬 수 없었다. 그들을 멸종시키려면 심해 산맥을 죄다 파괴해야만 했다. 그것은 빈대 잡으려다 초가를 불태우는 어리석은 짓이었다. 또한 자신의 초능력을 사용하여 직접 멸종시킬 수도 없었다. 자신이 심해 아귀의 돌연변이 생물체였던지라, 그들이 자신의 약점을 너무나 잘 알고 있었던 연유였다.

하지만 오늘은 달랐다.

"비켜라, 이 겁쟁이들아! 이 라울이 들어가마!"

대노한 여신이 수컷들을 물리치고 협곡으로 몸을 넣었다. 처음에는 미끄러지듯 들어가는 듯했다. 그런데 갈수록 힘겨워지더니 어깨 부위에 왔을 때 턱 막혀버렸다.

"이런~!"

여신이 몹시 당황했다. 자신의 신체 구조가 역삼각형의 구조임을 격노 탓에 순간적으로 망각했기 때문이었다.

그럴 때였다. 협곡 깊숙한 곳으로 피신해 있던 마루보에게 청구슬의 울림이 들려왔다.

“마루보님, 지난 겨울에 성산 일출봉 분화구로 마루보님을 인도한 것은 저입니다.

섬을 수호하실 분으로 마루보님을 선택했기 때문입니다. 지금도 변함없습니다. 그런데 마루보님, 단 한 분만이 섬을 구원하실 수 있습니다. 태울님도 세르미님도 아닙니다. 오로지 마루보님입니다. 이제 최후의 결정을 내리셔야 합니다. 제 속에 계시는 태울님을 버리시고 가십시오. 그렇잖으면 섬을 구원하시지 못하십니다.”

“대체 무슨 말을 하시는 겁니까?”

“태울님이 이 기회를 놓치면 섬을 구원치 못한다는 것입니다. 마지막 기회라는 뜻입니다.”

“그건 제가 하겠습니다. 왜 굳이 태울을…….”

“섬을 구원하는 건 마루보님 한 분입니다. 태울님과 세르미님은 저희 구슬들을 대신해서 섬의 수호신으로 섬을 영원히 지키실 분들입니다.”

“수호신? 그럼 세르미도?”

“그건 마루보님이 때가 되면 결정하실 겁니다.”

“안 됩니다. 나도 동생들과 같이 수호신이 되겠습니다.”

그러자 태울의 울림이 마루보 가슴으로 전해졌다.

"형, 남아서 꼭 섬을 지켜줘. 형, 사랑해!"

이미 그런 상황을 각오하고 있었던 것 같은 태울이었다.

"안 돼, 태울아~ !"

마루보가 울부짖듯 외치며 한사코 막아섰다. 하지만 청구슬은 그의 시야에서 점점 멀어지고 있었다. 뒤따라가려는 염력도 주홍구슬이 이때만큼은 허용하지 않았다.

"마루보님, 이 길은 저희들도 알 수 없는 신의 절대영역이니 초연하게 받아들이셔야만 합니다."

비통해 하는 마루보의 가슴에 주홍구슬의 울림이 맺혔다.

여신은 이러지도 저러지도 못한 채 협곡에 갇혀 있었다. 빛을 희미하게나마 받을 수 있는 미광층 심해부터는 변신이 가능했다. 하지만 빛이 전혀 없는 무광층 심해에선 변신이 불가능하여 여신의 존재로만 가능했다. 그래서 협곡에 들어가자니 몸 구조상 더 들어갈 수 없고, 협곡을 빠져나오려니 두 구슬이 거슬리는 어정쩡한 상황에 직면해 있었다.

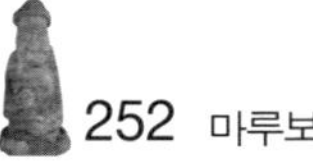

그 틈을 이용한 청구슬은 심해 아귀들의 수컷들을 이끈 채 여신 쪽으로 다가갔다. 이 아귀 수컷은 여러모로 여신의 수컷과 흡사했다. 손톱만한 크기 였지만, 몸집이 큰 암컷의 몸을 물고 뜯은 그 상처입은 자리에 들어가 기생하며 살고 있는 것이다.

여신의 머리칼 초음파는 다가오는 심해 아귀들의 움직임을 포착할 수 없었다. 어깨가 걸려 머리칼을 뻗을 수 없는 처지였던 것이다.

그 때문에 심해 아귀 수컷들은 시나브로 여신에 근접할 수 있었다. 그리고 이윽고 여신의 전라에 당도했을 때, 거기에 새겨진 문신의 문양대로 달라붙기 시작했는데, 그 문신에는 심해 아귀 암컷의 호르몬 같은 향기가 흐르고 있었던 것이다.

"이 버러지 같은 놈들이, 어딜 감히!"

하반신에 심한 통증을 느끼던 여신이 심해 아귀의 수컷 짓임을 직감했다. 여신이 하반신을 비틀며 협곡에서 몸을 빼려고 했다.

그 순간이었다. 협곡을 먼저 빠져나온 청구슬이 뻥 뚫린 여신의 눈 속으로 쏙 들어가버렸다.

"헉!"

신경을 하반신에만 쏟고 있었던 여신이 외마디 비명을 질렀다. 그러고는 곧장 협곡에서 하반신을 빼냈지만, 청구슬이 시신경들을 온통 헤집고 다니며 끊어 놓는 통에 여신은 미칠 지경이었다. 만약 시신경이 더 끊어진다면 미광층에서의 변신도 불가능했다. 그리고 무엇보다도 온갖 고생을 하며 진화해왔던 세월들이 일장춘몽으로 끝나버리는 셈이 되었다.

“으으~ 이 잡것들이~!”

하반신과 시신경의 참을 수 없는 통증은 여신의 발작과 파괴로 나타났다. 왕관 쓴 머리를 숙여 아무데나 닥치는대로 발광기들의 광선을 쏘아댔다. 그러자 엄청난 굉음과 함께 마치 지진이 난것처럼 산이 갈라지고 무너지면서 심해가 요동치기 시작했다.

“태울님, 이제 저의 광선 칼로 라울의 시신경 원줄기를 끊으면 모든 게 끝납니다.

라울의 머리에 붙어 있는 가장 긴 발광기입니다. 왕관의 초음파는 광선 칼이 차단해 줄 테니 걱정 마시고 장렬히 맞서십시오. 그리하여 부디 저희를 대신해 새로운 수호신이 돼 주십시오.”

청구슬의 울림이 어느 때보다 강렬하였다.

“예, 섬의 아들의 이름으로 맹세하겠습니다.”

태울의 울림도 어느 때보다 비장했다. 그러자 발칵, 청구슬이 두 쪽으로 갈라지면서 푸른 광선이 뿜어져 나왔다. 그러더니 광채는 곧

날카로운 푸른 칼날로 변하고, 청구슬 조각은 칼날의 손잡이로 합쳐졌다.

'아, 저 칼이구나!'

함께 뿜어져 나온 태울이 얼른 그 칼을 잡아들고 여신의 눈구멍 속을 나왔다.

정말 거대한 라울이었다. 발광기까지는 가도 가도 끝이 없을 것 같았다. 거기다가 악전고투였다. 달려드는 수컷들을 칼날로 베면서 가야 했고, 여전히 여신이 발작해대는 탓에 일렁이는 물결의 파동도 헤쳐 나가야만 했다.

그렇게 천신만고 끝에 라울의 발광기에 이른 태울에게 또 하나의 역경이 기다렸다. 흔들리는 수많은 발광기들 속에서 시신경의 원줄기를 찾기란 차라리 고통이었다. 물결에 흔들려 때로는 전부 길어 보였다가 때로는 전부 작게 보이는 발광기들이었던 것이다.

그런데 유별스럽게 전달되는 초음파가 미미하게 잡혔다. 광선 칼이 발광기의 모든 초음파를 차단하고 있었지만, 태울은 자신의 몸에 약간의 진동이 이는 걸 느낄 수 있었다. 머리칼 쪽이었다.

태울이 머리칼 쪽으로 칼날을 세우며 주시하니 특별난 머리칼이 시야에 들어왔다. 머리 뒤쪽에 있던 머리칼이었다. 물결 파동에 퍼지면서 언뜻 보였는데, 거기 끝에 달려 있는 발광기가 보였던 것이다.

'저거야!'

청구슬의 울림처럼 가장 긴 발광기임에 분명했다. 표적을 찾은 태울은 언젠가 대상군이 해남으로 인정해 준 기억을 떠올리면서 막바지 물질을 해나갔다.

거기에 거의 도달할 무렵이었다. 발광기와 너무 가까운 탓이었을까, 갑자기 여신의 머리채가 태울을 채찍처럼 내리치는 것이다. 이에 반사적으로 간신히 칼로 막은 태울이 얼른 머리채 틈새로 들어가버렸다.

머리채가 거세게 흔들렸다. 태울은 그 속에서 휘청휘청 머리칼에 옮겨 붙다가 가까스로 발광기의 머리칼에 붙을 수 있었다.

여신은 아직도 바닥에 놓은 생선처럼 파닥거리고 있었다.

태울이 칼날을 치켜들었다. 그리고 머리칼 끝에 온 감각을 집중시켰다.

"섬의 이름으로, 너를 깨끗이 지우노라!"

휘익, 태울의 푸른 칼이 머리칼을 내리쳤다.

"으아악~!"

여신의 비명이 심해에 천둥처럼 울려 퍼졌다. 그와 동시에 싹둑 잘

려나간 그 머리칼이 여신의 상반신 문신에 엉겨 붙고 있었다. 그러자 이미 분별력을 상실한 왕관의 발광기들이 빛을 발산하고 있는 그 머리칼에 본능적으로 광선을 발사했다. 그것은 상상을 초월한 파괴력이었다.

"형 ～!"

산맥이 터지고 찢어지는 소리에 마지막 남긴 태울의 음성이 묻히고 있었다.

왕관의 발광기들이 쏜 광선은 심해 산맥마저 무참히 폭발시켜버렸다. 그 탓으로 주홍구슬이 불쑥 수면 위로 떠오르고 있었다.

푸른 칼의 눈물 탓이었을까, 바다는 더욱 짙푸르게 되어 있었다.

"오빠～!"

어떻게 된 영문인지 세르미가 해변가에서 손을 흔들고 있었다. 심해에서 일찌감치 나왔던 모양이었다. 태울을 잃은 비감과 교차되는 순간이었다.

"마루보님, 이제 저도 소멸될 것입니다. 부디 평화와 번영이 가득

찬 섬으로 훌륭히 잘 이끌어 주시길……."

마루보의 가슴에 주홍구슬의 울림이 들려왔다.

"예, 섬사람들의 죽음이 결코 헛되지 않게 하겠습니다."

그러자 주홍구슬이 세르미가 있는 해변가로 날아가 마루보를 내려놓았다. 그러고는 하늘로 치솟아 구름 속으로 사라지더니 긴 노을을 드리웠다. 타고 있는 노을은 슬픈 찬란함이 배어 있었다. 이제껏 볼 수 없었던, 떨리도록 아름다운 풍광이었다.

"태울 오빠?"

노을에 잠시 넋을 빼앗긴 세르미가 갑자기 생각난 듯 물었다. 마루보가 세르미를 안으며 위로의 말을 건넸다.

"태울인 영원히 우리 곁에 머물러 있어. 저 봐. 저렇게 아름다운 노을로 우릴 바라보고 있잖아."

세르미는 말없이 고개를 끄덕였을 뿐 더 이상 묻지 않았다. 대신 갈 길을 먼저 재촉하는 그녀였다.

"이제, 남은 일 정리해야지. 벌판으로 빨리 가."

마루보는 냉철한 세르미가 기특했다. 그랬다. 슬픔은 나중에 실컷 뿌려도 될 일이었다. 지금 당장은 일의 매듭이 우선이었다. 둘은 그 길로 달려 나갔다.

벌판 주위는 섬사람들도, 시락톨 종도, 도니락 종도 모두 정지돼 있었다. 그런데 허공에서는 계속 라울의 예전 장면들이 펼쳐지고 있었다. 동굴 속에 들어가기 전 세르미의 주문이 통하지 않았던 탓이었다.

은구슬은 제 임무를 마치려는 것 같았다. 허공에 바람을 다시 풀어내 섬사람들만 남기고 대머리 이츄를 비롯해 외계인들을 모조리 바다로 실어 나르고 있었다. 그들의 생명력을 멈추게 한 채. 그리고 그 일을 모두 끝내자 은구슬도 어디론가 사라지고 보이지 않았다.

깨어난 섬사람들은 주위 상황에 다들 어리둥절해 하며 넋을 놓고 있었다.

"세르미, 이제 녹구슬을 불러들여."

허공에서 연출되는 장면들이 흐릿해지고 있었다. 녹구슬도 제 갈 길을 갈 모양이었다. 마루보가 그걸 알고 말했는데, 세르미는 해맑게 웃어만 보였다.

그때였다.

"아니~!"

허공의 한 장면을 목격한 마루보가 소스라쳤다. 그러나 더 이상 반응을 보이진 않았다. 화면이 흐릿하고 너무 빨리 돌아가버려 속단할 수 없는 상황이었다.

"세르미, 뭐해. 사람들이 보고 있잖아. 빨리 녹구슬을 불러들여야지."

다시 말하는 마루보의 등골에는 한 줄기 식은땀이 주르륵 흘러내리고 있었다.

계속 머뭇거리고만 있던 세르미의 대답이 들려왔다.

"오빠가 해봐. 앞전에 내가 해봤는데 안 통했거든."

"그래? 그럼 내가 해볼께."

짐짓 태연한 척 마루보가 주문을 외쳤다.

"하르방~ !"

그러나 노을 속에 머물고 있던 녹구슬은 다시 돌아오지 않았다.

제주도 새별 오름(들불 축제)

오름 들불축제

섬은 통한의 세월을 뒤로 한 채 빠르게 부활하고 있었다.

반목과 대립의 시대는 가고 평화와 번영의 시대를 향해 모두가 재건의 구슬땀을 흘려나갔다. 무너진 교각을 세우고, 무너진 돌담과 파괴된 가옥을 보수하고, 폐허가 된 전답들을 다시 일으켜 세웠다.

지나간 상처와 아픔은 다들 입 밖에 내지 않았다. 산 사람의 입에 거미줄을 치지 않는 게 더 급급했다. 그리고 어느 가정 할 것 없이 비애의 가족사가 세포마다 스며들어 있었기 때문이었다.

어느덧 한낮의 햇살이 여리게 비춰지고, 차가운 땅거미가 일찍 내려앉는 한겨울 무렵이었다. 원양 어선을 타고 먼 바다로 나갔던 마루보가 섬에 도착하고 있었다. 꼭 일 년하고도 오 개월 남짓한 기간이었다.

그간 마루보는 어선에서 선원들의 잔심부름을 하고, 고기 잡는 기술도 익혀가면서 예전의 아픔을 삭여 나갔었다. 그리고 태울의 영혼을 위로하는 진혼제를 선원들과 가끔씩 올리며 그의 장렬한 희생을 잊지 않았었다.

그런 마루보가 제일 먼저 찾은 곳은 세르미가 있는 애월이었다.

세르미는 그동안 어느 대상군의 집에 묵으며 해녀의 길을 밟고 있었다. 그런데 그런 세르미가 얼마 되지도 않아 벌써 상군이 돼 있었다. 몰라보게 달라진 세르미의 물질에 애월의 해녀들이 혀를 내둘렀을 정도였다. 매일 마다 채취한 해산물이 그 누구보다도 월등하게 많았던 것이다.

"세르미 너, 굉장하구나! 언제 그렇게 물질 실력이 늘었느냐. 돌아가신 대상군께서 물질에 필요한 기술을 너에게 다 전수해 주시고 가신 것 같구나."

해녀들이 물질을 마치고 불턱에 모인 어느 날 한 대상군이 세르미에게 한 말이었다. 그리고 그녀는 또 이렇게 말했다.

"여기서 비양도까지 헤엄칠 수 있는 건 너밖에 없다. 대상군의 자리는 경륜이 필요하니 안 될 말이고, 그러니 상군의 자리를 너에게

주마."

  세르미 나이에 상군이 된 것은 해녀 역사상 최초의 일이었다. 그리고 그것은 섬과 해녀들의 미래였고 영예였다.

  그런데 해녀들은 왜 비양도에만 몇 번이고 헤엄쳐 가는지는 세르미에게 묻지 않았다. 그리고 한 번 가면 왜 거기서 몇 시간씩 머무는지도. 그들은 그저 세르미가 대견스러울 뿐이었던 것이다.

  서녘 하늘에 해가 떨어지고 어스름이 퍼질 즈음에 마루보가 애월에 찾아들었다.

  "세르미~!"

  마루보가 올레목을 지나 어느 집 돌담 앞에서 큰 소리로 불렀다. 그러자 밖거리 방에 있었던 세르미가 발칵 문을 열어젖혔다.

  "오빠~!"

  맨발로 뛰쳐나온 세르미가 마당으로 들어온 마루보의 품에 반갑게 안겼다. 일년 반만의 해후였다.

  머리를 길게 땋아 있는 세르미는 한층 성숙해 보였다.

  "그래, 그동안 어떻게 지냈니?"

  세르미 손을 잡고 방으로 들어간 마루보가 물었다.

  "물질을 열심히 하며 지냈어. 오빤 얼굴이 검게 탔네, 고생 많았지?”

“고생은 뭐. 섬에 무슨 일은 없었구.”

“응, 오빠. 참, 내일 새벽 오름에서 정월 대보름 들불 축제가 있어.”

“들불 축제?”

“응.”

“햐~ 벌써 그렇게 됐네! 섬이 여유를 되찾았구나!”

“내일 같이 갈꺼지?”

“물론이지, 가서 소원을 빌어야지.”

“무슨 소원 빌 건데?”

“음…… 누구누구가 내 각시 되게 해 달라고 빌꺼야.”

“그게 누구지?”

세르미가 도톰한 입술을 삐쭉 내밀며 물었다.

“세르미 같은 각시면 좋겠지.”

마루보가 얼른 그렇게 눙치곤 방안의 벽 위쪽에 걸린 한 초상화를
보았다. 그것은 바다에서 운명을 달리한 대상군의 생전 모습이었다.

“해녀들 집이라면 저 초상화를 다 걸어두고 있어.”

초상화를 응시하는 마루보에게 세르미가 일렀다. 그러고는 대뜸
마루보에게 물었다.

"오빠, 아직 흑구슬 가지고 있어?"

"!"

"왜, 잃어 버렸어?"

"…… 응."

마루보가 머뭇거리다 대답했다. 그러자 유리 호롱이 있는 쪽으로 간 세르미가 성냥으로 호롱의 심지에 불을 붙이며 나긋이 물었다.

"그럼 이제 우리에게 구슬이 하나도 없어?"

"응. 없어. 있을 필요도 없지. 섬에 평화가 왔으니……."

한 벽면에 크게 드리워진 세르미의 그림자를 보며 마루보가 말꼬리를 흐렸다. 그럴 때, 밖에서 끌끌한 음성이 들려왔다.

"누가 왔남?"

댓돌에 놓인 검정 고무신을 본 모양이었다. 마루보가 얼른 방문을 여니 예전에 많이 본 적 있는 대상군이었다.

"안녕하세요, 대상군님?"

마루보가 툇마루에 나와 인사했다. 그러자 눈이 움푹 들어간 대상군도 마루보를 잘 기억하고 있는 듯했다.

"오, 마루보구나. 그래, 세르미에게 들었다. 원양어선 탔다구?"

"예. 그간 세르미를 잘 돌봐주셔서 감사합니다."

대상군이 숱이 적은 은빛 머리를 가로저으며 뜻밖의 말을 전했다.

"아니다. 지가 워낙 물질을 잘해 우리 모두에게 칭찬을 받고 있단다. 벌써 상군이 돼 있는 걸."

"상군요?"

마루보가 힐끗 세르미를 쳐다봤다.

"응, 오빠. 나 두어 달 전에 상군이 됐어."

세르미가 눈치 있게 상군 대신 먼저 대답했다. 대상군의 대답은 그 뒤를 이어 나왔다.

"아마 마루보도 놀랠 꺼야, 세르미가 애월에서 비양도까지 헤엄치는 걸 한번 보면 말이야. 그래서 해녀들이 만장일치로 상군을 시켜줬지. 암튼 잘 왔다. 저녁 끼니를 준비하고 있던 참이었으니 어여 안거리 방으로 가자."

그러고는 대상군이 마루보의 손목을 잡아당겼다. 얼떨결에 댓돌의 고무신을 신게 된 마루보는 마당을 지나 안거리가 있는 쪽으로 가면서 속으로 되뇌었다.

'비양도라, 비양도라……'

이튿날이었다.

밖거리 방에서 홀로 잤던 마루보가 깨어났을 땐 해가 중천에 떠 있

었다. 주섬주섬 옷을 챙겨 입고 방을 나온 마루보는 마당의 가장자리에 있는 우물가로 갔다. 그러고는 우물 속에 두레박을 넣고 있는데 어떤 물체가 물에 떠올랐다가 황급히 사라졌다.

"이제 일어났남? 무척 피곤했던 게로구나."

우영을 돌보고 있었던 대상군이 마당가로 나와 마루보를 보곤 말했다. 아직도 그 물체의 잔상이 눈에 맺혀 있던 마루보가 눈을 비빈 후 말했다.

"근데 대상군님, 우물 속에 이상한 것이 보였다 사라졌는데, 전에도 이런 일이 있었는지요?"

그러자 머리에 둘러쓰고 있던 수건을 내려놓으며 대상군이 말했다.

"아직 잠이 덜 깨인 게로구나. 어서 물을 길러 세수하거라."

그 말에 머쓱해진 마루보가 더벅머리를 긁적이곤 두레박에다 물을 길렀다.

"참, 세르미가 너에게 전하라 하더라. 나중에 새별 오름에서 보자구. 같이 가려구 했는데 자기는 비양도에서 뭔가 할 게 있다구. 하여튼 부지런한 계집애야."

그 말을 끝으로, 대상군은 휘적휘적 안거리 쪽으로 갔다.

우물물로 푸덕푸덕 세수를 하던 마루보는 짭조름한 갯냄새를 물씬 느꼈다.

'수상해!'

마루보의 뇌리가 자꾸 의혹 쪽으로 쏠리고 있었다. 불순의 생각을 애써 피하려고 했던 그였다. 하지만 방금 전, 우물 속의 물체 잔상이 동공에 남아 있는 것처럼, 그때 녹구슬의 장면들도 가슴에 또렷이 새겨져 있었다.

목에 휘두른 하얀 천으로 얼굴을 닦은 마루보는 다시 우물 속을 응시했다. 두레박이 밖으로 나온 지 오래됐는데도 수면이 크게 일렁이고 있었다.

'바다로 통하는구나. 결국……'

일렁이는 수면이 절망하는 마루보의 모습을 그대로 투영하고 있었다.

"끼럇, 끼럇~!"

마루보는 대상군 집을 나와 이웃집에서 잠시 빌린 말을 타고 한림

항구로 내닫았다. 항구에 도착했을 때, 때마침 비양도로 출발하는 통통배가 대기 중이었다. 하루에 두 번 운항하는 그 통통배에는 비양도 주민들 댓 명 정도 탑승해 있었다.

"통, 통 통통통~ ."

통통배가 출발하자, 난간에 서 있던 마루보에게 한 여인이 다가와 말을 건넸다.

"너 못 보던 아인데, 무슨 일로 가니?"

난감했던 마루보는 더벅머리를 쓰윽 만지며 반문했다.

"혹, 비양도에서 물질하는 여자 아이를 알고 있어요?"

그러자 여인이 기다렸다는 듯 대답했다.

"세르미 말이니?"

"예."

"그 애, 애월 상군이잖아. 서른이 넘은 나도 아직 중군인데 말이야. 암튼 물질이 대단한 애야. 하기야 거의 매일 비양도에서 물질 연습을 해대니 심폐가 튼튼해질 수밖에……. 근데 넌 세르미와 어떻게 되니?"

"사촌 오빠입니다."

"음, 근데 왜?"

그렇게 묻는 그녀의 눈빛은 사촌이라면서 왜 굳이 비양도까지 가서 만나려 하는지 그 까닭을 묻고 있는 것 같았다.

마루보는 의도적인 말까지 곁들이며 또 반문해 곤란한 대답을 회피했다.

"상군님, 그럼 세르미가 물질하는 곳이 어디쯤인가요?"

"아냐, 나 아직 중군이야. 어쨌거나 고맙다, 상군으로 불러줘서. 포구 오른 쪽을 돌면 기슭이 나오는데, 거기서 연습하고 있을 거야. 참, 펄낭에 이따금씩 있는 것도 봤어."

"펄낭요?"

"응, 펄낭. 바다 습지지."

이때 마루보의 짙은 눈썹이 치켜 올라갔다.

'음…… 동굴 웅덩이와 같겠지!'

심해까지 다녀왔던 마루보는 펄낭의 의미를 얼추 간파할 수 있었다.

벌판에서의 대혈투 때와 심해 전투 때 외계인 종들은 다 소멸됐다. 하지만 시락톨의 대성주가 건재해 있다면, 펄낭의 의미를 시락톨 종족 생산지로 충분히 추정할 수 있는 정황이었다. 만약 그렇다면, 그것은 마루보가 지닌 단서와도 일치되는 비통한 현실과 맞닥뜨리게 될 수밖에 없는 노릇이었다.

통통배가 섬 중앙에 위치한 비로봉과 점점 가까워지자 빈 광주리를 든 여인들이 뱃머리로 가고 있었다. 그러고 보니 승객들이 마루보를 제외하곤 전부 해녀였다. 비양도에서 채취한 해산물들을 읍에 내다 팔고 귀가하고 있는 것이다.

이윽고, 배가 포구에 당도하였을 때, 뒤따라왔던 갈매기도 선착장 부근에 내려앉고 있었다. 마루보는 서둘러 펄낭이 있는 동남쪽 기슭으로 내달렸다.

"하악~ 하악~ ."

줄곧 달려왔던 마루보는 펄낭 부근에서 가쁜 숨을 몰아쉬었다. 그러고는 펄낭을 눈여겨봤다. 꽤나 넓은 그곳은 햇살 비늘들만 번뜩거렸다.

'여기가 틀림없을 텐데…….'

마루보가 다시 세르미를 찾아 포구 오른쪽 기슭 쪽으로 몸을 돌릴 때였다. 고즈넉했던 펄낭의 수면 위로 뭔가가 떠올랐다. 검회색 갑옷을 입고 있는 물체들이었다.

"저건 가재잖아!"

그랬다. 그들은 대형가재들이었다. 그런 그들이 수면 위를 유영하며 남쪽 가장자리 쪽으로 신속히 이동하고 있었다.

그것을 목격한 마루보의 눈에서 광채가 뿜어졌다.

'역시!'

그 같은 현상에 대한 경악과 공포는 이미 마루보에게 없었다. 오히려, 아직도 섬에 남아 있는 저 외계인들을 향한 적개심만이 들끓고 있을 뿐이었다.

마루보가 두툼한 두 손을 꽉 말아 쥐곤 그 대형가재들을 계속 주시할 때였다. 반대편에서 웬 낭랑한 음성이 들려왔다.

"바로 이 부근이에요!"

그 소리에 후다닥, 마루보가 몸을 숨겼다. 그러고 나서 퍼뜩 그곳을 보니, 세르미가 사내 세 명과 허겁지겁 펄낭의 남쪽 가장자리 쪽으로 달려가고 있는 중이었다.

잠시 후였다.

"꼬마가, 꼬마가 여기에 빠졌어요!"

세르미의 애끊는 절규가 뒤따라오던 사내들의 귓가를 후볐다. 그러자 사내들이 너나 할 것 없이 첨벙, 첨벙 펄낭 속으로 뛰어들었다. 그때였다. 발칵, 대형가재들이 수면 위로 솟구쳤다. 그러고는 양 집게로 그 사내들의 몸통을 각각 물고는 누르스름한 가스를 내뿜었다.

274 마루보

그들의 탈바꿈은 성공이었다.

'죽일 놈들!'

모든 핏발이 발칵 일어선 마루보는 거기로 냅다 뛰쳐나가고픈 충동이 일었다. 하지만 아직 그때가 아니라는 현실에 부르르 온몸을 떨고 있을 수밖에 없었다.

"<u>으호호호~</u> ."

그들의 변신을 격려해주는 양, 흡족해하는 세르미의 웃음이 펄낭에 넘쳐흘렀다. 마루보에게 그것은, 고막을 도려내는 것 같은 고통으로 와 닿았다. 그런 그의 눈가에서는 굵은 눈물이 뚝, 뚝 떨어지고 있었다.

새별 오름 들불 축제는 오름 불 놓기, 달집 태우기 등의 의식행사들 위주로 치러지고 있었다. 그렇지만 축제에 동참한 사람들은 그 어느 때보다 많아 입추의 여지가 없었다.

마루보는 행사장 입구에서 벌써 두 시간 남짓 세르미를 초조히 기다리고 있었다. 마지막 배편을 이용해 한림항에 내렸던 그는 곧장 말을 타고 새별 오름에 도착해 있었던 것이다.

배가 끊기는 탓에, 펄낭의 그들이 쪽배를 타고 오든 헤엄을 쳐서 오든, 마루보로선 그게 중요한 게 아니었다. 단지, 부인할 수 없는 부정적인 생각이 현실로 드러난다면 외톨이 삶을 살아야 하는 것이다.

마루보는 간절히 소망하고 있었다. 부디, 이 축제를 세르미와 끝까지, 그리고 오붓이 즐길 수 있도록.

"마루보 오빠~ ."

달집 태우기가 끝나갈 때 세르미가 입구에 찾아들었다. 건장한 사내들 세 명을 대동한 채였다.

'놈들이구나!'

마루보는 그들을 단박에 알아봤다. 그런 그들을 보는 순간 분노가 발칵 치밀었지만, 그는 애써 초연해 하며 세르미에게 부드럽게 물었다.

"이 분들 누구시니?"

그러자 세르미가 하얗게 웃으며 소개했다.

"인사해, 오빠. 이 분들은 비양도에서 헤엄을 가르쳐주시는 분들이야."

"그랬구나. 상군이 된 이유가 다 있었네. 안녕하세요?"

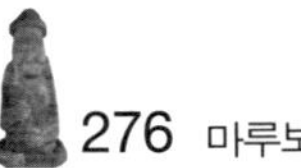

그들은 어색한 인사를 나눈 후 바로 오름 쪽으로 향했다.

마루보는 오름이 가까워졌을 때 바지 호주머니 속 흑구슬을 만지작거렸다. 다섯 개 구슬 중 유일하게 남은 구슬이었다. 그는 왜 흑구슬이 아직까지 소멸되지 않고 남았는지 원양어선을 탄 기간 동안에도 늘 궁금했던 터였다. 벌판에서의 청구슬의 울림이 간혹 떠오르긴 했지만 그다지 신경을 쓰지 않았다.

그러나 이제는 그 울림의 의미를 확신할 수 있었다. 그리고 그것은 또다시 그의 뇌리에 선명히 스치고 있었다.

"마루보님, 지난 겨울에 성산 일출봉 분화구로 마루보님을 인도한 것은 저입니다. 섬을 수호하실 분으로 마루보님을 선택하였기 때문입니다. 지금도 변함없습니다.

그런데 마루보님, 단 한 분만이 섬을 구원하실 수 있습니다. 태울님도 세르미님도 아닙니다. 오로지 마루보님입니다. 이제 최후의 결정을 내리셔야 합니다. 제 속에 계시는 태울님을 버리시고 가십시오. 그렇잖으면 섬을 구원하지 못하십니다."

“지금 대체 무슨 말을 하시는 겁니까?”

“태울님이 이 기회를 놓치면 섬을 구원치 못한다는 것입니다. 마지막 기회라는 뜻입니다.”

“그건 제가 하겠습니다. 왜 굳이 태울을…….”

“섬을 구원하는 건 마루보님 한 분입니다. 태울님과 세르미님은 저희 구슬들을 대신해서 섬의 수호신으로 섬을 영원히 지키실 분들입니다.”

“수호신? 그럼 세르미도…….”

“그건 마루보님이 때가 되면 결정하실 겁니다.”

이제 마루보는 세르미를 더 이상 누이동생으로 착시하지 않아야만 했다.

그러니까 자르몽으로 변신했던 대성주가 두꺼비 혀의 공격을 받았을 때였다. 등짝에 피를 철철 흘리고 있던 자르몽이 세르미에게 누런 가스를 뿜었다. 그리고 자르몽은 이내 세르미가 됐고, 세르미의 허물은 태울이 모르게 아주 민첩히 치마 속으로 넣어버렸던 것이다.

마루보는 그때 허공 속에 흘렀던 그 장면을 나중에 흐릿하게나마 볼 수 있었다. 하지만 착시 현상에 더 큰 비중을 뒀던 그였다.

그러나 이제 세르미는, 분명 대성주였다.

새별 오름의 점화를 알리는 방송이 나오고 있었다.

일행을 거느리고 다가서던 세르미가 그네들에게 조용히 일렀다.

"아까 말했듯이 난 도지사로 변할 게다. 너희들은 내가 말한 대로 군수들로 각자 변하라."

"예."

"펄낭의 변신은 성공적이었다. 허나 이번에는 뜻대로 변하지 않을 수 있다. 하루에 두 번 변한다는 건 혹독한 훈련을 거친 성주만이 할 수 있는 것이다. 따라서 변신에 실패해도 실망 말고 계속 훈련에 매진해 다음 기회를 노리도록 하라."

"예."

그들 뒤를 밟고 있던 마루보는 그들 말을 엿들을 순 없었지만 결단 시점을 잘 알고 있었다.

"자, 섬의 영원한 번영과 평화를 기원하며 오름에 횃불을 놓겠습니다. 횃불 점화!"

다들 오름에 횃불을 놓았다. 그러자 능선을 타고 오르는 불길이 움푹한 굼부리 윤곽을 서서히 드러냈다.

그 광경에 모든 사람들이 탄성을 지르며 정신없이 쳐다보고 있을 때였다. 그 틈을 타 세르미 일행이 어디론가 빠른 걸음으로 움직여 나가고 있었다. 마루보 역시 그 뒤를 황급히 밟아 나가고 있었다.

세르미 일행은 도지사와 군수들이 있는 곳에서 발길을 멈췄다.

"시작하라."

세르미의 신호에 사내들이 각자 맡은 군수들을 향해 막 행동개시 할 때였다. 불쑥, 그들 앞으로 뛰쳐나온 마루보가 두 팔을 벌려 가로막았다. 그러자 마루보에게 바짝 다가간 세르미가 까치발을 든 채 나긋이 물었다.

"오빠, 왜?"

마루보가 부릅뜬 눈으로 세르미를 쏘아보며 말했다.

"이놈, 내가 널 아직도 세르미로 보는 줄 아느냐!"

"!"

세르미의 동그란 눈이 심하게 떨리고 있었다. 마루보는 그런 세르미에게 냉소를 보이며 말아 쥐고 있던 흑구슬을 활활 타오르는 오른쪽 허공을 향해 던졌다.

"하르방~ !"

조금 후, 주위에 흩어져 있던 돌들이 오름 쪽으로 몰려들었다. 그러고는 돌 하나에 사람을 한 명씩 태우면서 공중으로 서서히 올라갔다.

그런 이상한 조화에, 사람들은 염려와 신비의 눈빛으로 서로들을 바라보았다. 반면에, 마루보와 세르미 일행은 지면에 그대로 발붙이고 있었다.

"이놈, 구슬이 없다더니, 나를 속였구나!"

갑자기 탁하게 변한 목소리로 세르미가 마루보에게 소리쳤다.

"이제야 니놈 정체를 드러내는군!"

결국, 세르미 정체를 확인한 마루보였다. 비통한 일이었다. 하지만 그럴 겨를이 없었다. 그들의 기습을 대비해야만 했다.

마루보는 지체 없이 자신이 탈 돌을 불러들였다.

그때였다.

공중에 떠 있는 사람들 중의 한 명이 이렇게 외쳤다.

"우리 몸이 공중에 뜨게 된 것은, 수호신이 섬을 보호하고 있다는 반증이오. 근데 저 아래의 사람들은 평화를 원치 않는 무리인 것 같소!"

그러자 다른 한사람이 맞받으며 외쳤다.

“맞소! 저놈들이요! 바로 저놈들이 우리 섬의 평화를 앗아갔던 놈들이 틀림없소!”

이 외침에, 행사장은 금세 살벌해졌다. 곧, 돌을 탄 사람들이 세르미 일행 쪽으로 까맣게 몰려들어 그들을 에워쌌다. 그래도 그들은 지상에 못 박힌 듯 있었다. 선택받지 못한 자들임에 틀림없었다.

“저 극악무도한 놈들에게 횃불을 던집시다!”

참다못한 누군가 또 외쳤다. 순간, 뻘건 불덩이들이 그들을 향해 쏟아지기 시작했다.

그 광경을 보며, 반석에 오른 마루보가 공중에 막 뜰 때였다.

휘익, 세르미의 땋은 머리가 날아들어 마루보의 발목을 낚아챘다. 이에 마루보가 바로 곤두박질쳐 땅바닥에 그대로 처박혀버렸다. 거기다가 설상가상으로, 그에게 뜨거운 횃불마저 날아들었다.

“녀석아, 최후의 승자는 바로 나야, 흐흐흐~!”

세르미가 엎어져 있는 마루보를 내려다보며 음흉한 웃음을 흘렸다.

“화아아~.”

세르미의 도톰한 입에서 누르스름한 가스가 마루보의 등짝에 뿌려졌다.

“어림없다, 이놈!”

그 습성을 알고 있었던 마루보가 민첩히 옆으로 한 바퀴 뒹굴었다.
그리고 열망을 담아 힘껏 주문을 외쳤다.

“하르방~!”

그러자 오름의 허공에 있던 흑구슬이 계속 누런 가스를 뿜어대는
세르미 입속으로 쑥 들어가버렸다.

“으헉~!”

삽시간에 세르미 몸이 돌들로 불어나고 있었다. 그리고 조금 후,
온몸 곳곳에서 터져 나온 돌들이 그 몸통을 첩첩히 쌓아가고 있었다.
목숨이 끊어지기 직전의 세르미는 그 돌들 틈새로 비친 휘황한 별과
보름달을 보며 신음했다.

“역시, 아… 름… 다… 워.”

인간의 평화를 짓밟고 우주로의 진화를 꿈꿨던 대성주. 그런 그가
그 꿈과 함께 거대한 돌무덤 속에 매장되고 말았다. 그리고 펄낭에서
가까스로 인간으로 진화되었던 그의 수족들 역시 몸이 타들어가며
점점 가재의 모습으로 변해가고 있었다.

“대체 이게 뭔 일이오!”

“저 해괴망측한 게 사람의 탈을 쓰고 있었단 말이오!”

그 괴이한 광경을 처음 본 사람들이 질색하며 일제히 웅성거리기 시작할 때였다.

횃불을 쥔 마루보가 생명줄이 아직 붙은 마지막 외계인 한 명에게 불을 지피며 저승길을 재촉하였다. 그러자 그 불길이 오름으로 확 번져 오르며 오름 전체가 활활 타오르기 시작할 때였다. 어디선가 영롱한 음성이 퍼지고 있었다.

"섬의 이름으로 말하노니, 땅과 바다에는 번영, 바람에는 자유, 돌에는 평화가 영원할지로다!"

그것은 우렁우렁 새별 오름 전체를 흔드는 섬의 울림이었다.

감동의 물결이 섬사람들의 가슴에 해일처럼 덮치고 있었다.

어느새 붉게 타오르는 오름의 정상에는 반석에 올라 떠 있는 더벅머리 마루보가 보였다. 그 모습은 마치 대보름달에서 방금 나온 듯한 풍광이었다.

그 광경을 바라보고 있던 사람들 중 누군가가 두 손을 펼쳐들며 외쳤다.

"여러분, 섬의 아들입니다!"

이어지는 또 한 사람의 외침은 더욱 고무돼 있었다.

"섬의 아들이시여! 평화의 아들이시여!"

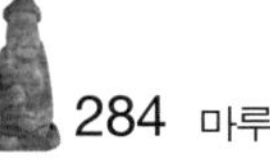

그러자 모두들 마루보를 향해 두 팔을 향해 활짝 펼쳐들며 따라 외쳤다.

"섬의 아들이시여, 평화의 아들이시여!"

"섬의 이름으로 말하노니,

땅과 바다에는 번영, 바람에는 자유,

돌에는 평화가 영원할지로다."

방금 전 어디선가 울려 퍼졌던 영롱한 음성처럼 사람들을 향한 마루보의 외침이 섬 전체에 울려 퍼지고 있었다. ❷

# 저자 프로필

이　　름 : 김세혁
이메일 : rlarldur@naver.com
1962년 : 부산 출생
1983년 : 진주교대 졸업
1984년 : 부산에서 초등학교 교사 생활 시작
1997년 : 장편소설 '핑크빛 야생화' (김기역, 필명)
1998년 : 장편소설 '삶이 그대를 속일지라도' (김세혁, 본명)
1999년 : 장편 판타지아 소설 '황금비녀' (김세혁, 본명)
2006년　3월 ~ 2008년 2월 : 제주도 제주시 고산초등학교 교사로 근무
　　　　　　　제주도의 각 지역을 탐사하며 마루보 판타지아 소설 자료 수집
2008년 : (현)김해 동광초등학교 교사로 재직 중
2009년 : 마루보 판타지아 장편소설 완결(제주 각 지역을 탐방)

마루보

2009년 11월 24일 발행
2009년 11월 30일 1쇄

지 은 이 / 김 세 혁
펴 낸 이 / 윤 현 호
펴 낸 곳 / 뿌리출판사
홈페이지 / www.rootgo.com
E- mail / rootgo@dreamwiz.com / bp1115@naver.com
주　　　소 / 서울시 성동구 성수 2가 3동 317-10 2층 우편번호 / 133-835
전　　　화 / (代)2247-1115, 466-4516, 팩 스 / 466-4517
출판등록 / 서울시 등록(카) 제 1-551호 1987.11.23

ⓒ 2009. 김세혁
값 / 10,000원
ISBN 89-85622-70-7

*잘못된 책은 바꾸어 드립니다.
*인지는 저자와의 협의에 의하여 생략합니다.

뿌리출판사 출판문의 : 전화 02)2247-1115
02) 466-4516
팩스 : 02) 466-4517

홈페이지 : www.rootgo.com
원고접수 : E-mail / rootgo@dreamwiz.com
E-mail / bp1115@naver.com

주소 : 서울시 성동구 성수 2가 3동 317-10호
우편번호 : 133-835